Elena MacKenzie – Hopeless 2

Gerade erst zurück, sieht Hope sich gezwungen, das *Destiny* zu verlassen. Schon allein dafür möchte sie Logan Davonport erwürgen. Aber derzeit ist Logan unentbehrlich für ihre Mutter, deswegen muss Hope gehen. Sie zieht in die Wohnung von Dana und begeht gleich am ersten Abend einen folgenschweren Fehler. Und dieser Fehler bleibt nicht ihr einziger. Um ihre Mutter und ihre Freundinnen zu retten, lässt sie sich auf einen Handel mit Ronny McCraw ein.

Elena MacKenzie

Hopeless 2

Roman

Latos-Verlag
Calbe/Saale

Lektorat: Latos-Verlag
Korrektorat: Sandra Latoscynski, Romy Güntner
Coverfoto: © Serg Zastavkin - stockphoto.com
Umschlaggestaltung: Nicole Döhling, Plauen
Satz: Latos-Verlag, Calbe/Saale
Druck und Bindung: PRESSEL Digitaldruck, Remshalden

1. Auflage 10/2015

ISBN: 978-3-943308-83-9

www.latos-verlag.de

1. Kapitel

Destiny

»Und jetzt?«, will der Bär von einem Mann von mir wissen und sieht mich abwartend an. Ich mustere ihn nachdenklich. Er hat eine genauso beeindruckende Statur wie Dimitri, ist aber um einiges größer. Er hat die Hände in die Seiten gestützt und sieht aus hellen grün-grauen Augen auf mich herab. Um seine Mundwinkel zuckt ein Lächeln, aber er versucht es zu bekämpfen. Wahrscheinlich sehe ich so entschlossen aus, dass er mir meine tatkräftige Energie nicht rauben will. Oder er hat einfach nur Mitleid mit mir.

»Du und Logan also?«, fragt er und sieht mich neugierig an.

Ich schlucke und schüttle den Kopf. Mein Herz hämmert noch immer schmerzhaft in meiner Brust. Ich bin wütend auf Logan, wütend auf mich, weil ich mich auf ihn eingelassen habe, obwohl ich schon vorher wusste, dass Logan mir nie allein gehören würde. Und ich bin wütend auf jede Frau, die Logan jemals angefasst hat oder noch anfassen wird. Was heißt, ich bin auch wütend auf die Frauen, die meine Familie sind. »Nein, kein bisschen«, grolle ich.

»Was tun wir dann jetzt hier?«

Ich beiße mir fest auf die Unterlippe und sehe mich in dem Raum um, in den ich den Mann in meiner blinden Wut gezerrt habe. Es ist der Raum mit dem großen Bett, in dem ich erst vor ein paar Tagen Logan eine Seite von mir gezeigt habe, die mir bis dahin völlig fremd war. Als mein Blick über das Bett gleitet, erhitzt sich mein Gesicht vor Scham. Zugleich zieht sich etwas in meinem Inneren zusammen, als die Erinnerungen mich überrollen. Ich schnaube und reiße mich blinzelnd in die Gegenwart zurück. Logan wird sich nur auf mich einlassen können, wenn er glaubt, dass das zwischen uns nichts zu bedeuten hat. Und das Einzige, das ihm das Gefühl geben kann, ist der Sex mit einem Callgirl. Denn für Callgirls ist Sex nur ein Job und nichts, worin man Gefühle investiert.

Und wenn ich überhaupt mit ihm zusammen sein will, und sei es nur rein körperlich, dann werde ich ihm auf irgendeine Weise versichern müssen, dass mit ihm zu schlafen mir genauso wenig bedeutet wie es ihm bedeutet, wenn er mit einer Frau schläft. Ich weiß, was ich spielen will, ist ein gefährliches Spiel, weil ich ihm vielleicht vormachen kann, dass ich nichts für ihn empfinde, aber mir kann ich es nicht vormachen.

Ich lasse meine Unterlippe los. »Du musst mir helfen, wie läuft das denn so ab?«

Der Bär zuckt grinsend mit den Schultern. »Sag du es mir, du bist doch das Callgirl.«

Nervös blinzle ich. »Ich bin Anfängerin«, werfe ich ein. »Du bist ein Mann, du kennst dich besser aus.«

Er lacht laut auf, dabei bebt sein ganzer mächtiger Oberkörper und er fährt sich mit der Hand über sein kurzes Haar. »Das ist eher Logans Ding, ich hab damit nichts am Hut.«

»Oh, tut mir leid, ich wollte dir nichts unterstellen«, entschuldige ich mich. »Du bist schwul?«

»Was? Nein, ich steh nur nicht darauf, mit Frauen zu schlafen, die eben erst aus dem Bett eines anderen gekrochen sind. Und das ist bei Professionellen der Fall.«

»Aber sie duschen danach. Immer«, entrüste ich mich im Versuch, meine Freundinnen zu verteidigen. Ich gehe auf den Bären zu und lege meine Hände flach auf seine Brust. »Aber du willst mich doch haben, oder?«, säusele ich und schaue ihn hoffentlich verführerisch an.

Er legt eine Pranke auf meine Hände. In seinen Augen funkelt es. »Ich bin auch ganz neu im Geschäft. Also, ich komme nicht aus dem Bett eines Anderen«, versichere ich ihm. Dabei fühle ich mich kein bisschen sicher, denn eigentlich will ich gar nicht mit diesem Fremden schlafen, dessen Namen ich nicht einmal kenne und der erst kürzlich zusammen mit Logans aktuellem Mädchen der Stunde aus einem Auto gestiegen ist. Aber vielleicht muss ich das ja auch gar nicht. Es könnte schon reichen, wenn ich einfach so tue als ob. Nur, um Logan ein Gefühl von Sicherheit zu geben, damit er nicht merkt, wie ich für ihn empfinde und sich sorgt, er könnte mich verletzen. Und wenn er dieses Gefühl hat, dann wird er weiter mit mir schlafen und diese verdammte Unsicherheit verlieren, die ihn im Moment immer wieder von mir wegtreibt. Das Wichtigste ist doch, dass er zulässt, dass ich noch bei ihm sein darf.

»Oh, du bist Zuhälter!«, entfährt es mir und ich trete erschrocken einen Schritt zurück. Das erklärt natürlich auch diese Muskelberge. Er muss seine Mädchen unter Umständen auch beschützen können. Aber Zuhälter sind selten gute Menschen. Sie beschützen Investitionen, nicht Menschen. Und sie misshandeln ihre Investitionen. Ein Schauder rollt über meinen Rücken. Fast hätte ich mit einem der Monster geschlafen, die meine Mutter zu bekämpfen versucht, solange ich denken kann. So sehr, dass sie um sich herum einen Wall errichtet hat, der selbst ihre Tochter auf emotionalen Ab-stand halten soll, nur, damit nichts und niemand sie von ihrer Aufgabe fernhalten oder hinter ihre Schutzfassade blicken kann.

Er runzelt die Stirn und sieht mich schockiert an. »Wie kommst du denn darauf?« Dann winkt er kopfschüttelnd ab. »Ich will es gar nicht wissen. Zwischen uns wird nichts laufen, Mäuschen. Und das sage ich nicht, weil ich schwul bin, was ich nicht bin. Aber Logan ist mein Freund.«

Ich stemme die Fäuste in die Seite. »Was hat das mit Logan zu tun?«

Er wendet sich von mir ab und geht auf die Tür zu. »Wie ich diese Pärchen und ihre Probleme satt habe!« Mit der Hand auf der Klinke dreht er sich noch einmal zu mir um. »Danke für dein Angebot, Mäuschen. Aber ich bin kein Kerl für einen schnellen Fick. Schon gar nicht, wenn ich die Frau nicht mal mit Namen kenne.«

Ich bin auch keine Frau für einen schnellen Fick, aber das kann ich ihm natürlich nicht sagen. Das wäre geschäftsschädigend für meine neuen beruflichen Pläne. Auch, wenn ich mir selbst nicht einmal sicher bin, ob ich diese Pläne überhaupt umsetzen will. Ich fühle mich kein bisschen wohl bei dem Gedanken. Andererseits, warum hab ich mich zimperlich, die tollsten Menschen in meinem Leben leben von diesem Beruf? Er kann also nicht falsch sein. Zumindest nicht, wenn man die Wahl hat und diesen Beruf freiwillig ausübt. So wie die Mädchen im *Destiny*, die zufrieden mit dem sind, was sie tun. Aber sind sie das wirklich, oder sehen sie nur einfach keinen anderen Weg mehr? Ich schüttle den Kopf. Woher kommen diese Zweifel? Ich habe nie daran gezweifelt, dass meine Freundinnen ihre Arbeit gerne tun. Alle Mädchen, die hier bleiben, tun dies, um meiner Mutter zu ermöglichen, weitere Mädchen zu retten. Vielleicht könnte ich ab sofort meinen Teil zum *Destiny* beitragen. »Ich heiße Hope.«

»Nett, dich kennenzulernen. Ich bin Bob und der Sergeant ist einer meiner besten Freunde. Was auch immer da zwischen euch läuft ... Du weißt schon ...«, sagt er und öffnet die Tür mit einem Zwinkern.

»Lass mich nicht einfach so stehen«, keife ich entrüstet, bevor mein Blick auf einen verwirrt dreinblickenden Logan fällt, der noch immer in der Eingangshalle des *Destiny* steht.

»Du willst das nicht, ich kann es dir ansehen«, murmelt Bob und verlässt den Raum.

Ich weiß, dass ich es nicht wirklich will. So sehr ich auch stolz auf meine Freundinnen bin, auf das, was sie alle tun, ich habe nie auch nur eine Minute darüber nachgedacht, selbst meinen Körper zu verkaufen. Meiner Mutter war es immer wichtig, mir verständlich zu machen, dass dieser Job kein normaler Job ist. Nein, ich kann es nicht. Für mich gehören Sex und Anziehung untrennbar zusammen, das wird mir klar, als mein Blick auf Logan fällt, der draußen noch immer dort steht, wo er schon vor Minuten stand.

Aber was soll ich dann tun? Es ertragen, ihn mit anderen Frauen zu sehen. Zu wissen, dass ich ihn teilen und warten muss, bis ich wieder an der Reihe bin? Meine Kehle schnürt sich zu und ich greife mir an den Hals. Ich glaube, ich ersticke gleich. Das kann ich nicht ertragen. Also muss ich gehen, denn er kann es nicht. Meine Mutter braucht ihn hier. Ich sehe verzweifelt zur Treppe und kämpfe gegen das Brennen in meinen Augen an.

»Was zur Hölle sollte das?«, fährt Logan mich an.

»Das ging aber schnell«, wirft Ethan lachend ein und klopft Bob auf die Schulter. »Dein Job als Bodyguard für *Wild Novel* hat dir wohl deine Manneskraft gekostet. Ich hab dir gleich gesagt, so eine ruhige Anstellung macht dich zu einem Weichei.«

»Du hast ja keine Ahnung«, murmelt Bob und ich bin mir nicht sicher, ob er damit Ethan zustimmen will oder eher doch nicht. Aber ich will es auch nicht weiter hinterfragen, denn ich muss hier dringend weg.

»Darf ich dich was fragen?«, wende ich mich leise an Logan. Er kommt näher und sieht mich verwundert an.

»Natürlich.«

»Als was würdest du das, was wir tun, wann immer dir danach ist, bezeichnen?«

»Wir haben Spaß miteinander.«

»Okay«, sage ich trocken. Also doch, denke ich. Ich habe mich nicht geirrt. Ich kann es nicht ertragen, Logan weiter anzusehen, deswegen wende ich mich wieder der Treppe zu.

In mir krampft sich alles zusammen und mein Herz droht mir zu zerspringen. Ich bekomme die Bilder von ihm und der Frau nicht aus dem Kopf. Und die Tränen drücken schon gefährlich gegen meine Lider. Auf keinen Fall soll er sehen, wie sehr er mich verletzt hat. Denn eigentlich ist das alles nicht seine Schuld. Sondern meine. Denn ich wusste es ja. Logan und ich sind kein Paar. Er kann vögeln, wen immer er auch will. Nur ich kann es nicht, weil ich nicht mutig genug bin. Oder, weil ich einfach nicht so bin. Ich weiß es nicht. Aber jetzt ist nicht der richtige Zeitpunkt, um weiter darüber nachzudenken, warum selbst ein Fremder wie der Bär genau weiß, dass ich nicht die Richtige dafür bin.

Ich schwanke mit zitternden Knien auf die Treppe zu und bete, dass niemand mich zurückhalten wird. Vor allem nicht Logan. Wenn er mich jetzt aufhält, wenn er mich nur anspricht und ich seine samtig raue Stimme höre, dann wird meine Entschlossenheit in sich zusammenbrechen. Oben auf der Treppe steht meine Mutter, sie sieht mich mit tief zerfurchter Stirn an. Ich versuche, ihrem fragenden Blick auszuweichen. Ich kann jetzt nicht hören, was sie mir sicher sagen will. Dass sie mich ja vorgewarnt hat. Ich kann ihr nicht einmal in die Augen sehen, so sehr schäme ich mich für meine Dummheit. Dummheit, weil irgendwo in mir ich einen Funken Hoffnung getragen habe, der mir zugeflüstert hat, dass Logan und ich eine Chance hätten. Das war der Grund, weswegen ich geblieben bin. Weswegen ich zugelassen habe, dass ich immer tiefer in dem versunken bin, was ich für Logan empfinde. Es gibt nur eins, das ich tun kann, auch wenn es mir schwerfällt. Aber zurzeit bin ich der einzige Mensch im *Destiny*, der hier nicht sein muss. Der hier nicht gebraucht wird.

Mit einem schweren Atemzug straffe ich die Schultern und schiebe mich an meiner Mutter vorbei. Ich ignoriere das Aufblitzen von Mitleid in ihren Augen, denn es kann nicht wirklich da gewesen sein, weil meine Mutter ihre Gefühle seit jeher hinter einer eisernen Maske verbirgt.

Als Kind habe ich unter ihrer Gefühlskälte und Abweisung gelitten, weil ich nicht verstand, warum meine Mutter mich nie in den Arm nahm, wenn ich traurig war oder mir das Knie aufgeschrammt hatte und ich schockiert beobachtete, wie Blut über mein Bein lief. Es hat mich verstört und verängstigt, dass nur Dana mir das gab, was ich von meiner Mutter erwartete. Erst Jahre später verstand ich, dass meine Mutter mich liebte. Sie tat es nur auf ihre eigene Art. Die Art, die verhinderte, dass sie sich mit Gefühlen befassen musste. Die Art, die nicht zuließ, dass etwas in ihr aufreißen würde, dass sie dort drin vergraben hielt.

Ich habe meine Mutter nie als warme, liebevolle Person kennengelernt, weswegen unser Verhältnis immer ein oberflächliches gewesen war. Und dass ich es immer dabei belassen und sie nie zu mehr gedrängt habe, war meine Art, meine Mutter zu beschützen, denn instinktiv wusste ich, dass alles andere sie mir ganz wegnehmen könnte. Aber ein Teil von mir hofft noch immer auf den Tag, an dem sie bereit sein würde, ihren Schutzwall einzureißen, das würde der Tag sein, an dem sie endlich meine Mutter sein würde. An dem sie keine Angst mehr vor Berührungen von Menschen hatte, die ihr etwas bedeuteten. Diese Angst rührte von dem her, was ihr angetan wurde. Jemand, den sie liebte und vertraute, hatte sie schwer verletzt.

Hastig reiße ich die Tür zu meinem Zimmer auf. Ich werfe die Tür gar nicht erst zu, denn ich werde sowieso nicht hierbleiben. Meine Koffer stehen noch immer neben meinem Schrank. Ich greife nach ihnen und zerre sie auf mein Bett, als sich die Zimmertür doch schließt. Adrienne steht im Zimmer und ihre Finger spielen nervös mit den Zipfeln eines dunkelblauen Halstuchs. Mutter-Tochter-Gespräche bringen sie immer an eine Grenze, aber irgendwie windet sie sich dazu durch, auch wenn diese wenigen Augenblicke selten etwas Sinnvolles hervorbringen.

»Sag es nicht, ich weiß es auch, ohne dass du noch einen Finger in mein Herz bohrst.«

Sie seufzt leise. »Ich werde nichts sagen.« Sie kommt näher und legt eine Hand auf meinen Unterarm und hält mich davon ab, den Reißverschluss meines Koffers aufzuzerren. »Wo willst du hin?«

Ich sehe zu ihr auf, dann setze ich mich schluchzend auf das Bett, so dass der Koffer als Barriere zwischen uns liegt. »Ich gehe in die Wohnung, ich kann nicht hierbleiben und ihn jeden Tag sehen.« Ich lache bitter. »Ein Mann drängt mich aus meinem Zuhause. Er hat das geschafft, was du die ganze Zeit wolltest.«

Meine Mutter schüttelt den Kopf. »Das wollte ich, aber du darfst jetzt nicht gehen. Du musst hierbleiben.«

Verständnislos runzle ich die Stirn. »Was? Warum?«

Meine Mutter weicht meinem Blick aus und spielt nervös mit den Zipfeln ihres Halstuchs. Frustriert stoße ich die Luft aus, stehe auf und fange an, wahllos Kleidung aus dem Schrank in meine Koffer zu werfen. Ich hätte mir längst abgewöhnen sollen, nach dem Warum zu fragen. Von meiner Mutter bekomme ich nie eine Antwort.

»Er ist dein Vater. Und jetzt weiß er, dass es dich gibt.«

Ich schlucke hart und mein Herz springt mit einem schmerzenden Satz gegen meine Rippen. Wie versteinert bleibe ich stehen, lasse die Arme sinken und stelle mir das Gesicht von diesem Fremden vor, der neben mir im Auto gesessen hat. Aber so sehr ich auch versuche, in seinem Gesicht etwas zu erkennen, es will mir nicht gelingen. Die Augen, die

Gesichtszüge, alles verschwimmt und zurück bleibt nur, was er gesagt hat, dass er mir das Lächeln beibringen will. Mit so etwas droht ein Vater seinem Kind nicht. Unmöglich kann er wissen, wer ich bin. So wenig wie ich in ihm meinen Vater sehen kann, kann er in mir seine Tochter gesehen haben. Nein, dieser fremde grausame Mann ist nicht mein Vater.

Ich setze mich wieder auf das Bett. »Es wird Zeit, dass du es mir erzählst. Ich bin alt genug und offensichtlich stecke ich mitten in was auch immer.«

Meine Mutter nickt verhalten, atmet tief ein und setzt sich schräg auf den Rand des Bettes, damit sie mich besser ansehen kann. Ich weiß nicht, ob ich sie wirklich sehen will, weil ich nicht verstehe, wie ein solcher Mann mein Vater sein kann. Ich habe immer gedacht, mein Vater war ein Freier, vielleicht ein Stammkunde. Jemand, für den meine Mutter mehr empfunden hat als sie sollte. Aber der Mafiaboss von Glasgow? Wie konnte sie sich auf jemanden einlassen, der ohne Gewissen mordet, Kinder für seine Zwecke missbraucht, foltert und eine ganze Stadt unter seinen Machenschaften erzittern lässt? Habe ich mich so sehr in ihr getäuscht, weil ich nur die Frau sehen und kennen wollte, die anderen Frauen Schutz bietet?

»Ich war etwa sechzehn. Dana war meine beste Freundin, solange ich denken konnte. Mein Zuhause war eine Katastrophe: Meine Mutter war ein Junkie, meinen Vater kenne ich nicht. Statt in die Schule zu gehen und einen Abschluss zu machen, habe ich die Kotze von meiner Mutter weggeputzt und ihr ihren nächsten Schuss besorgt. Dana ging es nicht viel anders. Wir hatten nur uns. Ich habe ihn kennengelernt, als ich wieder mal Heroin besorgen sollte. Ich bin zu dem Dealer an der Straßenecke gegangen und er stand ein paar Schritte entfernt. Er hat mich angelächelt und er sah atemberaubend schön aus. Noch nie hat ein Mann Interesse an mir gezeigt. Ich wusste gar nicht, wie ich reagieren soll, also hab ich verlegen weggeschaut und er kam und hat seine Finger unter mein Kinn gelegt und mein Gesicht angehoben. Seine Jacke hat den Duft von Leder verströmt, an seinem Handgelenk hat er Armbänder getragen. Ich hab gezittert vor Nervosität.

Es war Liebe auf den ersten Blick, wie man so schön sagt. Er der Bad Boy, zehn Jahre älter als ich. Und er wollte mich. Mit seiner Harley hat er mich von Zuhause abgeholt. Wir waren Essen, im Kino ... all die Dinge, die für mich nie infrage kamen. Er war sehr zärtlich und hat mir nie einen Grund gegeben, an ihm zu zweifeln. Deswegen habe ich auch keine Sekunde gezögert, als er wollte, dass ich zu ihm ziehe. Er hat von einem Haus gesprochen, mit vielen Zimmern. Und er hat mir erlaubt, Dana mitzubringen. Das war der Traum für uns, raus aus unserer Hölle.« Meine Mutter sieht mich an. Selbst in diesem Moment, wo sie über ihre Vergangenheit und Liebe redet, spiegelt sich nichts in ihrem Gesicht wider. Sie wirkt genauso teilnahmslos wie immer. »Deswegen habe ich nicht gewollt, dass du dich auf Logan einlässt.«

»Weil du glaubst, dass er ein Zuhälter ist?«, entrüste ich mich.

»Nein, weil ich mitbekommen habe, wie du ihn ansiehst. So wie ich Ronny. Ich hatte Angst, dass du genauso hilflos bist wie ich, wenn du ihm erst einmal zu nahe kommst. Du bist nicht bereit für einen Mann wie ihn. Logan ist nicht kriminell, aber er hat auf dich die gleiche Wirkung wie Ronny damals auf mich. Und das hat mich erschreckt. Das erschreckt mich noch jetzt. Es gibt Männer, die sind für uns Frauen gefährlich, wenn wir sie erstmal in unser Herz gelassen haben. Dein Vater ist ein Krimineller, der keine Skrupel hat. Und Logan ist ein Mann, der diese Wirkung auf Frauen hat, der aber nicht dazu in der Lage ist, sich zu binden, weil er mit sich selbst nicht im Reinen ist.«

Ich winke wütend ab. »Das ist es nicht, worüber ich jetzt reden will.« Wie Logan auf mich wirkt und wie sich das für mich anfühlt und wie hilflos ich ihm ausgeliefert bin, all das weiß ich allein. Und darüber zu reden, macht es nicht einfacher, es tut nur mehr weh. »Du bist also direkt von der einen in die andere Hölle marschiert«, sage ich auffordernd.

»Ja, und Dana ist mir blind gefolgt. Nur, weil wir beide zu gierig waren auf ein besseres Leben. Einmal in Ronnys Haus, hat sich alles verändert. Er hat uns mit Schlägen gefügig gemacht, uns mit Vergewaltigungen gebrochen. All die Zärtlichkeit war von einem Moment auf den anderen Weg. Und da waren noch mehr junge Mädchen in diesem Haus. Wir alle waren Gefangene und standen seinen Gästen zur freien Verfügung. Dana noch öfter als ich. Mich hielt er gerne versteckt.

Bald durfte nur er mich noch angreifen. Aber das beschützte mich nicht vor Prügel oder vor brutalen, abartigen Sexspielen. Wir waren fast sieben Jahre seine Sklavinnen. Und dann habe ich gespürt, dass ich schwanger bin. Vorher hatte ich resigniert, hatte mich in mein Schicksal gefügt, aber diese Schwangerschaft war wie ein Weckruf. Auf keinen Fall wollte ich mein Kind so aufwachsen lassen. Ronny ist in den Monaten davor immer brutaler geworden, gleichzeitig immer geschäftstüchtiger. Er hat seine Macht über Glasgow weiter ausgebaut, von Drogen und Prostitution zu Frauen- und Kinderhandel.

Und das war meine größte Angst, dass er dich in seinen Kinderhändlerring geben würde. Es gab immer mal wieder Frauen unter uns, die von den Freiern schwanger wurden. Er hat die Kinder nach der Geburt einfach weggebracht. Niemand von uns weiß, was aus ihnen geworden ist, vielleicht ist es besser so. Ich habe es ihm also verheimlicht, habe mich so gut wie möglich unsichtbar gemacht und bin ihm aus dem Weg gegangen. Mein Glück war, dass er damals ein neues, interessanteres und deutlich jüngeres Spielzeug gefunden hat.«

Sie macht eine Pause und spielt wieder an den Enden ihres Halstuchs, dann atmet sie tief ein. »An jenem Tag hat er mich in sein Büro beordert. Ein älterer Mann war bei ihm und ein junges Mädchen, kaum älter als ich, als ich ihn kennenlernte. Ich sollte mich in den Sessel vor seinem Schreibtisch setzen, manchmal sollte ich das, wenn er kurz davor stand, jemanden zu foltern. So demonstrierte er mir, wie mächtig er war. Ich glaube, ihm hat es irgendwann mehr Spaß gemacht, mich zusehen zu lassen, wie er andere foltert, als sich an mir auszutoben. Der andere Mann wirkte abgekämpft und verängstigt, geradezu erstarrt.

Das Mädchen lag zusammengekrümmt auf dem Boden, sie war nackt und über und über mit blauen Flecken bedeckt. Ich musste nicht raten, ich wusste, was gelaufen war, bevor ich gekommen bin. Ronny hat sie brutal vergewaltigt und den anderen Mann zusehen lassen. Dieser Mann musste ihr Vater gewesen sein. Ronny ist ein Sadist und solche Spielchen liebt er. Wahrscheinlich hat der Vater ihm Geld geschuldet, und weil er es nicht zahlen konnte, hat Ronny seine Tochter als Bezahlung genommen.

»Du kannst jetzt verschwinden, die Kleine bleibt hier«, sagte er, ging ohne den Mann zu beachten auf die Wand zu, in der sein Tresor hinter einem Gemälde versteckt war. Ich weiß noch, auf dem Bild war zu sehen, wie der Teufel ein viel zu junges Mädchen nahm. Ronny stand auf Mädchen, je jünger desto besser.« Meine Mutter schluckt, weil ihre Stimme bei den letzten Worten weggebrochen war. In ihrem Gesicht erkenne ich, dass sie gesehen hat, was sie mir gerade beschreibt. Mir wird ganz übel, bei der Vorstellung. Am liebsten möchte ich nichts mehr hören, aber wenn ich jetzt weggehe, dann werde ich nie alles erfahren. Ob ich Adrienne noch einmal dazu bekomme, über ihre Vergangenheit zu sprechen, bezweifle ich.

»Er ging zum Tresor«, dränge ich deswegen und schiebe die Bilder von viel zu jungen Mädchen und

Ronny weit weg, dabei kämpfe ich gegen meinen Würgreflex an.

Meine Mutter atmet tief ein. »Der Vater fing an zu schreien, aber noch bevor er richtig loslegen konnte, kamen zwei von Ronnys Männern, schlugen auf ihn ein, bis er zusammenbrach, und schafften ihn dann raus. Ronny klappte das Gemälde auf und gab die Kombination in den Tresor ein. Dabei sah er über seine Schulter auf das nackte Mädchen, das heulend versuchte, sich aufzurichten und hinter ihren Vater her zu kriechen. »Spar dir das«, hat er lachend gesagt. »Wie alt ist dein kleiner Bruder? Vier? Weißt du, dein Vater schuldet mir eine Menge und du bist zu alt und nicht so viel wert wie ein vierjähriger Junge. Jungs in dem Alter werden gerade hoch gehandelt.«

Ich war wie erstarrt. Ich hab ihn schon schlimme Dinge tun sehen, aber bei diesen Worten hatte ich das Gefühl, zu sterben vor Panik. Und dann bin ich unvorsichtig geworden. Ich hab die Hände auf meinen Bauch gelegt und er hat es gesehen. An dem Ausdruck in seinen Augen hab ich sofort erkannt, dass ich ihm zu viel verraten habe. Ich konnte nur daran denken, was mit dir passieren würde, wenn du auf der Welt wärst.

Das Mädchen fing plötzlich an, Blut zu erbrechen und zu keuchen. Ronny war gerade dabei, auf mich zu zukommen, da kroch sie ihm in den Weg, er trat nach ihr, sie röchelte. Aber das Geräusch war ihm wohl gerade zu viel, also setzte er seinen Fuß auf ihre Kehle und stemmte seine ganzes Gewicht auf ihren Hals. Während sie um ihr Leben kämpfte, sah er sie nicht einmal an, nur mich. Ich hatte nie zuvor solche Angst und ich wusste, ich musste weg. In dem Moment, in dem das Mädchen seinen Kampf verlor, kam einer seiner Männer und flüsterte was von Razzia in einem seiner Häuser.

»Du bleibst hier sitzen«, befahl er mir und ließ mich mit der Leiche im Raum. Erst konnte ich mich nicht bewegen. Und dann ging alles von allein. Ich bin aufgesprungen, hab aus dem Tresor geräumt, was ich finden konnte, habe Dana aus ihrem Zimmer geholt und bin mit ihr zur Hintertür rausgerannt. Alle Männer waren verschwunden. Vor dem Haus konnte ich Ronny Befehle brüllen hören und Automotoren starteten. Was auch immer passiert war, keiner hat auf uns aufgepasst. Also sind wir gerannt. Mit genug Beweisen in den Händen, um Ronny ins Gefängnis zu bringen. Das Geld haben wir versteckt und die Beweise haben wir der Polizei übergeben. Damals haben wir geglaubt, das Geld stünde uns zu. Immerhin haben wir für Ronny arbeiten müssen.«

»Es steht euch noch zu«, werfe ich entrüstet ein. Wie kann meine Mutter daran zweifeln, nach all dem, was sie mir eben erzählt hat, gehört ihr das Geld. Und was sie mit diesem Geld in all den Jahren getan hat, ist nur eine Rechnung, die beglichen werden musste. Und diese Rechnung ist noch lange nicht beglichen, egal, was dieser Ronny glaubt.

Ich mustere meine Mutter, in meinen Augen war sie schon immer eine Heldin, jetzt ist sie es noch mehr. Sie hat Mut bewiesen, als sie diesem Mann die Stirn geboten hat. Aber dieser Mann ist auch rücksichtslos und gefährlich. Und einmal mehr verstehe ich, warum sie ist, wie sie ist. Wenn ich die Dinge gesehen und erlebt hätte, die sie erlebt hat, dann wäre ich auch nicht mehr in der Verfassung, andere Menschen an mich heranzulassen. Jede Frau in diesem Haus, die in den letzten Jahren hierher gekommen und irgendwann auch wieder in ein neues Leben hinaus gegangen ist, hat einen anderen Weg gehabt, um mit dem umzugehen, die sie erlebt hat. Meine Mutter hat ihren gewählt.

»Und jetzt will er das Geld zurück.«

Adrienne schüttelt den Kopf. Ich stehe auf und packe weiter meinen Koffer. Ich muss meine Hände jetzt beschäftigen. Ich muss meinen Kopf beschäftigen. Ich darf das eben Gehörte noch nicht komplett an mich heranlassen. Erstmal auf Abstand halten und langsam sacken lassen, sonst treibt es mich in den Wahnsinn. Mein Vater ist ein ... Ich finde keine Worte für das, was er ist. Scheusal, Monster ... Er ist so Vieles, aber nicht mein Vater. Das muss ich mir immer wieder sagen. Er ist ein Fremder, der meiner Mutter abscheuliche Dinge angetan hat.

»Er will kein Geld. Er will mich.«

Ich lege schweigend meinen Laptop in den Koffer und ziehe das Ladekabel für mein Handy aus der Steckdose über dem Nachtschrank. »Das wird Logan nicht zulassen.«

»Ja, wird er nicht. Aber deswegen darfst du jetzt auch nicht gehen.«

»Doch, das muss ich. Er wird nicht wissen, wo ich bin, wenn er überhaupt weiß, dass ich seine Tochter bin.«

»Das weiß er, seine Botschaft war ziemlich deutlich.«

Ich blinzle gegen die Verzweiflung an. Wahrscheinlich hat Adrienne recht. Und ich fühle mich gerade so zerrissen, wie es nur geht. Aber das Entsetzen, über das, was Adrienne angetan wurde, ist nicht so groß wie der Schmerz, der durch meine Brust rast, bei der Vorstellung, Logan mit anderen Frauen zu sehen. Oder ihn überhaupt zu sehen. Ich muss das erst verarbeiten und das geht nur mit genügend Abstand. Den bekomme ich nicht hier unter einem Dach mit ihm. Ich könnte mich dafür ohrfeigen, dass ich nicht auf Adrienne gehört habe. Nur deswegen kann ich jetzt nicht bei ihr bleiben. Aber wenn Logan sich mit einer anderen Frau vor dem Verlag trifft, wo er damit rechnen muss, dass ich ihn sehe, dann zeigt das deutlich, dass er keine Ahnung hat, was er damit in mir anrichtet. Ich bin sicher, dass er das nicht einmal mit Absicht tut.

Bisher musste er solche Dinge nicht berücksichtigen. Einer Professionellen ist es egal, wenn sie ihren Kunden mit einer anderen Frau sieht. Es wird also wohl nicht bei der Fremden bleiben. Ich darf nicht vergessen, er ist auch Kunde des *Destiny*. Vielleicht hat er das Interesse an mir schon verloren und wird sich demnächst wieder meinen Freundinnen zuwenden. Und dann kann ich nicht hier sein. Das ertrage ich nicht.

»Ich habe Ivy gefragt, ob sie mitkommt, aber es ist wohl besser, ich lasse sie hier unter diesen Umständen. Sie ist noch nicht so weit, das *Destiny* zu verlassen. Und keine Angst, das Arschloch weiß, wo ich arbeite. Wenn er mich bekommen will, dann kriegt er mich, egal ob ich hier wohne oder bei Dana. Und meinen Job werde ich nicht aufgeben für ihn.« Entschlossen ziehe ich die Reißverschlüsse meiner beiden Koffer zu, stelle sie auf den Boden und sehe meine Mutter an. Sie nickt.

»Pass auf dich auf«, sagt sie, dann verlässt sie mein Zimmer. Ich sehe mich ein letztes Mal um. Ich kann nicht behaupten, ich hätte keine Angst, denn die habe ich. Aber ich weiß, dass ich das hier tun muss. Ich brauche nicht nur Abstand von Logan, sondern auch von all dem, was in den letzten Tagen passiert ist und von dem, was ich eben erfahren habe. Vielleicht hat sich mein Zuhause zu sehr verändert. Vielleicht bin ich auch schon zu lange nicht mehr zu Hause gewesen. Vier Jahre nicht mehr.

2. Kapitel

Destiny

Danas Wohnung ist eine kleine Zwei-Zimmer-Wohnung auf der W Nile Street, in einem hübschen viktorianischen Haus mit vier Stockwerken und einer rotbraunen Außenfassade. In der unteren Etage befand sich früher einmal eine Pizzeria, jetzt höre ich das Gelächter und die dumpfe Musik einer Nachtbar durch den Wohnzimmerboden nach oben dringen. Ich muss lächeln, die Geräusche erinnern mich an das *Destiny*. Ich werde keine Probleme haben einzuschlafen. Ich schiebe meinen Laptop beiseite.

Gleich nachdem Ethan mich in die Wohnung begleitet und sich überzeugt hat, dass hier keine Gefahren auf mich lauern, habe ich mich an den letzten Schliff für die Biografie von Logans Vater gemacht. Es ist mir nicht leicht gefallen, dabei nicht ständig an Logan zu denken, aber ich hasse es auch, Arbeit aufzuschieben. Und schon gar nicht lasse ich zu, dass persönliche Probleme meine Arbeit beeinflussen. Aber jetzt kann ich mich nicht mehr konzentrieren. Trotz der Geräusche, die von unten heraufdrängen, ist es, als würden die Wände der Wohnung immer näher rücken. Allein sein ist noch etwas, das ich hasse. Ich war nie allein. Meine ganze Kindheit über hatte ich eine große Familie und auch in London hatte ich eine Mitbewohnerin und einen Freund. Aber jetzt ist hier diese drückende Leere. Und die fühlt sich gerade nicht gut an.

Also beschließe ich, einmal einen Blick in diese Bar zu werfen, vielleicht wird sie ja mein Ersatz für das *Destiny*. Ich halte mich nicht erst damit auf, mich zurechtzumachen. Ich will ja niemanden kennenlernen. Alles was ich will, ist nicht länger allein zu sein, in dieser Wohnung, die mich zu sehr an Dana erinnert. Alles hier erinnert mich an die Frau, die immer viel mehr meine Mutter war als Adrienne. Und das macht es mir noch schwerer, hier zu bleiben, wo noch immer ihr Parfüm in der Luft hängt, wo ihre Lieblingsdüfte fein säuberlich in hübschen Fläschchen auf der kleinen mahagonifarbenen Kommode im Flur stehen. Adrienne hat nichts verändert. Alles ist genau so, wie es an dem Tag gewesen ist, als wir Dana zu Hause abgeholt haben, um sie zum Sterben in das Hospiz zu bringen. Sie hat sich strikt geweigert, hier zu bleiben, weil sie nicht wollte, dass wir zusehen müssen, wie sie stirbt. Wir durften sie nicht einmal mehr besuchen.

Ich ziehe die dunkelrote Wohnungstür hinter mir zu und gehe die Treppen nach unten. Es gibt eine Tür hier im Treppenhaus, aber an ihr steht in goldenen Buchstaben »Privat«, also trete ich auf die Straße. Es ist schon dunkel. Die Schaufenster des Pfandshops gegenüber sind hell beleuchtet, die Geschäfte haben längst geschlossen. Aber die beleuchteten Fenster geben einem das Gefühl, als wäre noch Leben in der Straße. Aber sie sind nur beleuchtet, um Einbrecher abzuschrecken. Die großen

Fenster des Nachtklubs wirken fast düster dagegen. Sie sind nur schwach beleuchtet und die Fassade ist um die Fenster herum mit dunkelblauem Holz verkleidet. »*Blue Moon*« steht über den Fenstern. Nicht besonders fantasievoll, aber ein schlechter Name lässt ja noch nicht auf eine schlechte Bar schließen, also gehe ich die vier Stufen hoch und öffne die Tür.

Das Innere unterscheidet sich kaum von einem gewöhnlichen Pub. Die Bar dominiert den nicht besonders großen Raum: schwarzes Holz, goldene Balken und klares LED Licht. Auf den zweiten Blick ist das *Blue Moon* doch etwas anders. Die Einrichtung ist deutlich moderner und frei von verspielten bäuerlichen Möbeln, die sonst in Pubs zu finden sind. Und hinter dem Barkeeper, der mir einen neugierigen Blick zuwirft, besteht die ganze Wand aus glitzerndem Glas und Spiegeln in denen sich die Flaschen auf den Regalen davor widerspiegeln.

Schüchtern lächle ich den Barkeeper an und trete näher auf den Tresen zu. Ganz vorne ist ein Hocker frei, den steuere ich mit unsicheren Schritten an, während ich versuche, die Blicke der etwa zwanzig vorwiegend weiblichen Kundinnen zu ignorieren. Bisher war ich der Meinung, dass in solchen Bars mehr Männer zu finden seien. Aber Frauen stören mich natürlich noch weniger. Zumal ich gerade ziemlich die Nase voll habe von Männern. Der Barkeeper bleibt vor mir stehen und sieht mich abwartend an. Er hat lockiges blondes Haar, ist hochgewachsen und seine Augen scheinen hellgrün zu sein. Hellgrün, wenn ich dem Licht trauen darf, das plötzlich blau geworden ist.

»Was darf es sein?«, will er mit ruhiger Stimme wissen.

»Eine *Bloody Mary*«, sage ich und schlucke den Kloß in meiner Kehle herunter. Irgendwie fühle ich mich jetzt doch unbehaglich. Aber allein in einer Bar ist ja auch ein neues Abenteuer für mich. Er geht mit einem Nicken und kommt kurz darauf wieder mit meinem Getränk. Ich bedanke mich und bekomme zum ersten Mal ein Lächeln zu sehen. Nicht von dem Barkeeper, sondern von dem Mann, der zwei Hocker weiter neben mir sitzt. Er hat einen teuer aussehenden dunklen Anzug an. Seine blonden Haare sind glatt nach hinten gekämmt. Ich schätze ihn auf Anfang dreißig. Was mir sofort ins Auge sticht, ist dieses markante, hart geschnittene, wirklich sehr sexy Kinn. Man könnte sagen, er sieht hübsch aus. Eigentlich stehe ich nicht auf hübsche Männer. Ich mag eher die kantigen rauen Kerle, wie Logan einer ist. Trotzdem, er hat etwas Interessantes an sich. Vielleicht ist es auch die Art, wie er mich ansieht, die mir direkt in den Magen schießt.

Aber ich bin nicht wegen eines Mannes hier, also wende ich mich ohne ein Lächeln ab und drehe mein Glas zwischen den Händen. Im Spiegel mir gegenüber beobachte ich ein Pärchen, das in einer Nische hinter mir sitzt, sie breitbeinig auf seinem Schoß. Er küsst sie recht fordernd und seine Hände liegen auf ihren nackten Oberschenkeln. Ihr Rock ist ihr fast bis zu den Hüften nach oben gerutscht. Ich kann sehen, dass sie keine Unterwäsche trägt.

Das schockiert mich nicht. So etwas bin ich von meinen Freundinnen gewohnt.

Die Mädchen im *Destiny* tragen ganz selten Unterwäsche, wenn sie Röcke tragen. Angeblich mögen die Männer den direkten Zugang. Ich kann nicht abstreiten, dass ich nicht auch schon darüber nachgedacht habe, es mal zu versuchen. Aber nicht jetzt. Jetzt bin ich hier, um etwas zu trinken. Und nicht, um mit meinen Gedanken in eine Traumwelt abzuschweifen, in der Logan entdeckt, dass ich kein Unterhöschen trage.

Logan! Schieb ihn aus deinem Kopf! Du bist gegangen, um Abstand zu gewinnen. Abstand bekommst du nicht, wenn du dir solche Dinge vorstellst. Ich bin hier, um den Schmerz zu vergessen. Um nicht zu fühlen, wie die Eifersucht mich auffrisst, wenn ich daran denke, dass er vielleicht in diesem Moment nachholt, was er unterbrechen musste, als er wegen meiner Begegnung mit Ronny ins *Destiny* kommen musste. Ich blende das stechende Gefühl in meiner Brust aus. Logan hat mir nie gehört, das muss ich begreifen. Es gibt und gab nie ein »Logan und Hope«.

Der blonde Anzugträger schiebt sich neben mich auf den Barhocker. »Dein Glas ist leer, darf ich dir nachbestellen?«

Mir ist danach ihn anzuknurren, aber warum soll ich mich nicht von ihm einladen lassen. Ist ja nicht so, als wäre ich kein Single. Und Singles kommen in eine Bar, um andere Singles kennenzulernen. Und jemanden kennenzulernen ist gut geeignet, um andere Jemande – bestimmte Jemande - aus dem Kopf zu bekommen. Ich drehe mich auf meinem Hocker mehr in seine Richtung und lächle jetzt doch freundlich. »Danke, du darfst. Aber ich hätte jetzt lieber einen Bourbon.«

»Bourbon«, stößt er erstaunt aus. Er gibt dem Barkeeper ein Zeichen und ruft zwei Bourbon, der nickt und bringt sofort, was der Mann neben mir bestellt hat, obwohl er eben dabei war, einen Drink für eine Frau mit feuerroter Lockenmähne zu machen.

»Bekommst du hier immer alles sofort?«

»Ja, ich kürze ihm sonst seinen Lohn. Mein Name ist Andrew.«

»Dir gehört der Laden also«, stelle ich überflüssigerweise fest.

»Ja, und du bist neu hier. Wie kommt es, dass ich dich zum ersten Mal hier sehe?«

Ich beginne wieder, mein Glas in den Händen zu drehen und beobachte das Paar hinter mir im Spiegel, nur um ihn nicht ansehen zu müssen. »Ich war in London in den letzten Jahren.«

»Du hast studiert«, sagt er. Ich werfe ihm im Spiegel einen Blick zu und bemerke sein selbstgefälliges zufriedenes Lächeln und mit welcher Aufmerksamkeit er meinen Körper mustert.

»Warum glaubst du, ich hätte studiert?«, frage ich schnippisch. Steht es mir etwa auf die Stirn geschrieben?

»Ich schätze, du bist nicht älter als fünfundzwanzig. Was macht ein Mädchen deines Alters sonst in London?«

Natürlich hat er recht und das ärgert mich, besonders dieser Blick, der sich jetzt heiß auf meinem Gesicht festsaugt. Ich rutsche unruhig auf meinem Stuhl herum. Er nimmt sein Glas, hält es hoch und fordert mich auf, mit ihm anzustoßen. Ich hebe meins und tu ihm den Gefallen, dabei bleibt mein Blick an seinen Augen hängen. Ich will ihm nicht in die Augen sehen, aber ich kann auch nicht wegsehen, so sehr ich es versuche, sie sind von diesem strahlenden Grün. Oder ist das nur das Licht, das jetzt gerade weiß ist?

»Verrätst du mir deinen Namen?«

»Hope«, sage ich mit kratziger Miene. Dieser Mann hat so etwas Vereinnahmendes an sich. Es fühlt sich so übermächtig an, dass ich das Gefühl habe, egal, was er von mir verlangt, ich werde es tun. Ich fühle mich nicht zu ihm hingezogen, so ist das nicht. Aber es ist komisch, es ist diese düstere Macht, die er ausstrahlt, die verhindert, dass ich einfach aufstehe und gehe. Vielleicht kommt dieses Düstere aber auch von dem Tattoo, das seitlich an seinem Hals unter dem Kragen hervorschaut und irgendwie keltisch aussieht. Ich kann es nicht ganz sehen, aber ich bin sicher, dass es Thors Hammer ist.

»Hope«, sagt er und beugt sich näher zu mir. »Ich habe schon viele Frauen in diese Bar kommen sehen, aber ich habe noch keine gesehen, die so wunderschön ist wie du.«

Ich hole Luft und öffne die Lippen. Ich will etwas sagen wie: »Zu wie vielen Frauen hast du das schon gesagt und wie viele sind auf den lahmen Spruch reingefallen«, aber bevor ich dazu komme, hält er mich ab, indem er mit dem Kopf schüttelt. Und er macht es mit so viel Ernsthaftigkeit und einem harten Befehl im Gesicht, dass ich einfach alles runterschlucke, was ich sagen wollte.

»Ich weiß, was du sagen willst, aber ich dosiere meine Komplimente sehr sparsam. Um genau zu sein, habe ich das noch nie zu einer Frau gesagt und es ernst gemeint. Meistens sage ich es, wenn ich eine Frau ficken will. Was nicht heißt, dass ich dich nicht ficken will.« Er sagt das so hart, dass kleine Schauer sich über meine Arme ausbreiten. »Das will ich, aber zu dir sage ich es nicht nur, ich meine es auch so.«

»Wieso?« Ich bin verwirrt von seiner direkten Art. Vielleicht auch ein wenig schockiert, obwohl ich das nicht sein sollte, wenn man bedenkt, wo ich aufgewachsen bin. Ich hebe endlich mein Glas an meine Lippen und trinke es mit hastigen Schlucken fast leer. Ich stoppe erst, als ich seine Hand auf meinem Arm spüre.

»Nicht so hastig. Oder musst du dir Mut antrinken? Fehlt dir die Erfahrung?«

Ich huste gegen das Brennen an und weil er mich so schnell durchschaut hat. Er hat nur wenige Minuten gebraucht, um zu merken, dass ich nicht weiß, wie man in einer Bar flirtet, oder aber einen unangenehmen Flirt beendet. Die Hitze seiner Hand brennt auf meiner nackten Haut, so wie der Bourbon in meiner Kehle, meiner Speiseröhre und meinem Magen. Er schießt mir ins Blut und ich fühle, wie sich ein leichtes Schwindelgefühl in meinem

Kopf breitmacht. Ich habe seit Stunden nichts mehr gegessen.

»Die Erfahrung …«, stammle ich und irgendetwas in mir will nicht, dass er mich für eine Anfängerin hält, also straffe ich die Schultern und werfe ihm ein herausforderndes Lächeln zu. »Ich bin Profi, ich mach das schon eine Weile«, sage ich.

»Also spielst du nur die Schüchterne. Das mag ich«, sagt er und beugt sich wieder näher zu mir herüber. Sein Blick brennt sich in meinen. Für einen Moment gibt es da nur noch diese faszinierenden Augen. »Das gefällt mir, sehr sogar. Ich wüsste gerne, wo diese Schüchternheit aufhört und der Profi anfängt.«

Wie von Zauberhand stehen da plötzlich zwei neue Gläser Bourbon. Er drückt mir meins ich die Hand und prostet mir zu. Mir ist schwindlig, aber ich will hier nicht verlieren und ich habe es ja nicht weit bis nach Hause, also stoße ich mein Glas gegen seins und trinke meinen Bourbon. Hitze verteilt sich wie eine Welle in meinem Körper, ich wanke. Warum gleich nochmal habe ich mich für Bourbon entschieden? Ach ja, um Logan aus meinem Kopf zu bekommen.

»Deine Unterlippe zittert«, sagt er und legt seinen Daumen auf meine Lippe. Ich sehe ihn erstaunt an und zucke zurück. Seine Hand schnellt nach vorne und legt sich um meinen Oberarm, bevor ich vom Hocker fallen kann. »Du bist noch nicht lange Profi, oder? Du solltest mehr vertragen«, sagt er, gleitet von seinem Hocker, dreht mich mitsamt meinem Stuhl vom Tisch weg und hin zu sich, und schiebt sich zwischen meine Schenkel. Er legt beide Hände auf meine Wangen und sieht mich fragend an.

Reden wir noch immer davon, ob ich Profi im Flirten in einer Bar bin? »Oh doch«, das bin ich, nuschle ich.

»Für wen arbeitest du?«, will er wissen und reibt seine Nasenspitze über meine. Irgendwie entgleitet mir hier gerade alles, habe ich das Gefühl.

»Für Richard.«

»Ich kenne keinen Richard. Wo wohnst du?«

Warum will er das wissen? Sollte ich ihm das sagen? Ich versuche mich zu konzentrieren, aber alles erscheint im Alkoholnebel verschwommen. Ich vertrage wirklich nicht viel. Das hab ich noch nie. Ich schiele zur Decke und nicke nach oben. »Da oben.«

Er presst seine Lippen auf meine, und ich weiß gar nicht, wie mir geschieht. Ich will ihn abhalten, aber dann halte ich lieber mich selbst ab. Sein Geschmack erinnert mich an den von Logan, auch die stürmische Art, wie er küsst. Und irgendwie fühlt er sich auch an wie Logan. Und eigentlich ist das doch toll. Ich lasse mich gegen ihn sinken, wühle mit meinen Händen in seinem Haar. Seine Finger wandern an den Außenseiten meiner Schenkel nach oben und schieben meinen Rock zentimeterweise hoch. Flammen züngeln über die Stellen, die er berührt, und verdrängen den Gedanken, dass das hier nicht Logan ist.

Logan liegt gerade mit einer anderen im Bett. Ich lasse meiner Wut freien Lauf und zerre diesen

Fremden näher an meinen Körper. Ich will dieses Kribbeln, das er auslöst mit seinen Küssen und Berührungen, überall spüren. Und ich will nicht, dass er damit aufhört. Nein, er soll Logan aus mir heraus saugen mit der Kraft dieser Küsse. Mit seinen Lippen, die an meinen saugen.

»Dann lass uns mal sehen, wie viel Profi in dir steckt«, murmelt er an meinen Lippen, löst sich von mir und geht mit mir an der Bar vorbei in einen schmalen nur schwach beleuchteten Gang, öffnet die Tür zum Treppenhaus und führt mich ein Stockwerk nach oben. Vor meiner Wohnungstür bleibt er stehen und zieht mich wieder an sich. »Dieser scheue Blick eines Rehs, gehört der auch zu deiner Masche? Du machst mich extrem neugierig, Süße. Eigentlich mag ich es hart, richtig hart. Aber diese unschuldige Masche gefällt mir gerade auch ganz gut.«

Was redet er denn da? Ich werfe meiner Tür - Danas Tür - einen unsicheren Blick zu. Ich kann doch nicht ... Oh doch, ich kann. Ich wollte doch anders sein. Aber nicht so. Er spürt wohl meine Zweifel, denn er sieht mich mit gerunzelter Stirn verwundert an.

»Was ist los?«, will er wissen. Wie hieß er noch gleich? Ich hab es schon wieder vergessen. Vielleicht ist das gut so. Er zieht mich an sich und küsst mich, wieder lasse ich es zu. Bin ich zu betrunken, um das hier zu stoppen? Liegt es daran, dass es sich anfühlt, als wäre es Logan, der mich berührt? Ich bin so durcheinander, alles was ich weiß, ist, dass es sich gut anfühlt und den Schmerz löscht. Ich öffne die Tür und ziehe den Anzugträger mit in die Wohnung. Nein, es fühlt sich nicht gut an. Was sich gut anfühlt, ist die Taubheit und die Rache. Der Gedanke, Logan mit dem hier zu verletzen. Ich bin kaum bei der Sache, aber ich fasse den Mann an der Hand und führe ihn in das Schlafzimmer.

3. Kapitel

Destiny

Haben die Kopfschmerzen mich geweckt oder ist es der pelzige Geschmack in meinem Mund? Unwillig bewege ich mich unter der Decke. Ich fühle mich, als hätte ich eine lange, alkoholreiche Nacht hinter mir. Und als hätte ich Sex gehabt. Schockiert schlage ich meine Augen auf und setze mich im Bett auf.

»Ich hatte Sex«, kreische ich, sehe neben mich, dann durch das Zimmer, aber sonst ist niemand hier. Auf dem Boden liegen nur mein Rock und meine Bluse von gestern. Meine Unterhose liegt auf dem Kopfkissen neben mir. Brennende Hitze schießt in mein Gesicht und Schweiß tritt mir aus jeder Pore. Alexander, Andre ... »Andrew, verdammt!« Ich habe mit einem Fremden geschlafen. Mit jeder Sekunde stürzen mehr Erinnerungen auf mich ein: seine Hände auf meinem Körper, sein Mund auf meinen Brüsten, er in mir. Mein Herz klopft heftig. So etwas habe ich noch nie getan. Ich hatte noch nie einen One-Night-Stand. Wie konnte ich das tun, obwohl es da doch einen anderen Mann in meinem Leben gibt? Ich erkenne mich selbst nicht wieder. Ich fühle mich so schuldig. Wirklich schuldig. Ich will Logan davon erzählen. Aber Halt!

Warum sollte ich? Logan und ich, wir sind nicht zusammen. Es wird ihn gar nicht interessieren. Trotzdem schäme ich mich. Nicht wegen ihm. Wegen mir. Weil ich so nicht bin. Und schuldig fühle ich mich auch noch immer. Die Tatsache, dass Logan und ich kein Paar sind, und dass Logan auch mit anderen Frauen zusammen ist, macht das, was ich getan habe, nicht weniger falsch in meinem Kopf. Heftig fluchend krieche ich aus dem Bett. Auf dem Nachtschrank steht eine angebrochene Flasche Sekt und zwei Gläser, die weder mir noch Dana gehören. Mein Gesicht wird noch heißer, als ich daran denke, dass Andrew den hübschen Barkeeper mit Sekt und Gläsern nach oben beordert hat, gleich nachdem ich mit ihm im Schlafzimmer angekommen bin und mich wieder Zweifel geplagt hatten. Warum habe ich auch nicht auf mein Bauchgefühl gehört? Ich wusste doch gleich, dass ich es bereuen würde.

Ich krieche fast ins Wohnzimmer, so schlecht fühle ich mich. Auch hier ist niemand. Er muss gegangen sein, als ich noch geschlafen habe. Ich reibe meine Stirn und steuere wie betäubt auf die Kaffeemaschine zu, während ich mir einrede, dass ich ja schließlich erwachsen bin und Sex haben kann, sooft und so viel ich möchte. Was ist denn schon falsch an einem One-Night-Stand? Alle tun es, versuche ich mich zu beruhigen.

Ich greife nach der Glaskanne und erstarre, als ich das Geld in der Kanne liegen sehe. Ich hole es heraus. Hat Dana es dort gelassen und niemand hat es bisher gesehen? Ein gelber Notizzettel flattert langsam zu Boden. Ich bücke mich und hebe ihn von den weißen Fliesen auf. Das ist nicht Danas Handschrift. Ich wünschte, sie würde es sein.

»Die Nacht war gut. Die Prüderie musst du noch abstellen, Profis zieren sich nicht so. Zumindest nicht die ganze Zeit über. Und Gewiss braucht ein Callgirl keine halbe Flasche Sekt, um in Fahrt zu kommen. Trotzdem werde ich vielleicht noch einmal auf dich zurückkommen. Ich hoffe, siebenhundert Pfund entsprechen deinem Satz.

Andrew«

»Meinem Satz?«, keife ich entrüstet. Mein Mund klappt auf und ich starre fassungslos die Notiz an. Das kann nur ein Scherz sein. Oder ein Irrtum. Ich muss ihm das Geld zurückgeben und ihm die Wahrheit sagen. Ich schüttle den Kopf und sehe das Geld an. Ich lege den Zettel beiseite. Eigentlich will ich die Scheine nicht zählen, aber es passiert automatisch. Siebenhundert Pfund. Wie viel bekommen meine Freundinnen? Ich weiß es nicht. Ich hab sie nie danach gefragt. »Wen interessiert das auch?«, murmle ich wütend.

Mein Gesicht fühlt sich ganz heiß an vor Scham und Schweiß bricht mir aus allen Poren. Was ist nur gestern bei mir schiefgelaufen? »Ist ja nicht so, als würde ich Geld für Sex nehmen wollen.« Ein Lachen frisst sich aus meiner Brust. Ich lege den Kopf in den Nacken und lasse es raus. Es klingt hysterisch. Noch gestern habe ich diesen Bob in einen Raum gezogen, um gegen Bezahlung mit ihm zu schlafen, nur, um Logan zu zeigen, dass ich bereit für eine solche Beziehung zwischen uns bin. Eine rein geschäftliche Beziehung. Hauptsache ich kann ihm weiter nahe sein. Und heute rege ich mich darüber auf, dass ein Mann mich tatsächlich für ein Callgirl gehalten hat.

Ich lasse das Geld auf die Arbeitsfläche fallen. Ich muss duschen und zur Arbeit. Ich werde mir jetzt keine Gedanken darüber machen, warum Andrew gedacht hat, ich wäre ein Callgirl. Trotzdem blitzen Puzzleteile unseres Gesprächs gestern Abend in meinem Kopf auf. Immer wieder hat er mich einen Profi genannt und ich habe es ignoriert, weil ich dachte, er würde darauf anspielen, dass ich nicht wie ein Profi im Flirten rüberkomme, nicht wie die durchschnittliche Bargängerin. Womit er ja auch recht gehabt hätte. Aber das hat er offensichtlich gar nicht gemeint.

»Ich hoffe, du hast dir einen guten Witz erzählt, ansonsten muss ich dich vielleicht für irre halten.« Ethan steht mitten im Wohnzimmer, als ich mich von der Kaffeemaschine abwende und die Küche verlassen will.

»Wie kommst du denn hier rein?«, keife ich ihn erschrocken an. Ich schiele vorsichtig zur Kaffeemaschine hin, neben der noch immer das Geld und die Notiz liegt.

»Adrienne hat mir den Schlüssel gegeben.«

»Und deswegen platzt du einfach in meine Wohnung? Was, wenn ich nackt gewesen wäre?«

»Dann hätte ich nichts gesehen, was Logan nicht auch schon gesehen hat. Und da er das hat, ist das alles für mich nicht existent. Und was nicht existiert, kann ich auch nicht sehen.« Er grinst mich breit an und lässt einen Seesack auf die Dielen fallen.

»Was ist das?«

Er sieht mich an, als wäre ich nicht ganz bei mir. »Meine Klamotten.«

»Was?«

»Na, ich zieh hier ein, hat Logan dich nicht kontaktiert?«

»Mich was? Nein!«

»Hat dir vielleicht jemand was über den Kopf gezogen? Du kommst mir heute so ... schwer von Begriff vor.«

Wütend stemme ich die Hände in die Hüften. »Du ziehst hier nicht ein. Was soll das eigentlich?«

Ethan winkt kopfschüttelnd ab und geht um mich herum. »Das zwischen dir und Logan geht mich ja nichts an, aber kriegt euch wieder ein. Deine Laune ist genauso beschissen wie seine.«

Ethan ist in der Küche und an der Kaffeemaschine, noch bevor ich es richtig mitbekommen habe und da ist es auch schon zu spät. Er entdeckt das Geld und die Notiz und ich versuche gar nicht erst, sie ihm wegzunehmen.

»Was zur Hölle hat das zu bedeuten?«, brüllt er los.

»Das, was draufsteht«, blockiere ich mich automatisch gegen seinen Angriff. Was denkt er sich, mich so anzuschreien und auch noch so enttäuscht auszusehen?

»Oh was? Bin ich etwa die einzige Frau, die kein Geld nehmen darf für ihre Dienste?«

»So in etwa. Verdammt, der Sergeant ... ach vergiss es. Ich hab diese Beziehungskisten so satt. Was glaubst du, warum ich noch Single bin?« Er klatscht den Zettel auf die Arbeitsfläche, nimmt sich eine Tasse und schenkt sich meinen Kaffee ein.

»Ich bin erwachsen, das geht dich gar nichts an. Ich kann mit meinem Körper machen, was ich will.«

Ethan winkt ab und murmelt: »Soll er sich doch drum kümmern, nicht mein Job. Ich bin hier nur der Babysitter. Fertig, um auf Arbeit gefahren zu werden?«

»Ich brauch keinen Aufpasser. Nimm deinen Seesack und geh zurück zu deinem Boss. Ich komm allein klar.« Ich bin aus dem *Destiny* geflüchtet, um Abstand zu gewinnen und jetzt folgt mir das Problem in Form seines Stellvertreters. Das werde ich nicht zulassen.

»Ich werde nicht zurückgehen. Lieber ertrage ich deine Launen als seine.«

»Der Herr ist mies drauf? Richtig so.« Hat es nicht geklappt mit der Rothaarigen? Mir auch recht. Ich grinse in mich hinein, aber dann vergeht mir das Grinsen. Die miese Laune von Logan hängt bestimmt mit Ronny zusammen. Er kommt seit Tagen nicht voran in der Sache. Ohne Beweise können sie Ronny nicht loswerden. Und freiwillig gibt der ihnen nichts in die Hand.

Ethan sieht mich verwirrt an, dann schüttelt er den Kopf, geht an mir vorbei ins Wohnzimmer und lässt sich auf das geblümte Ikeasofa fallen, das Dana immer so geliebt hat wegen der weichen Daunenkissen. Kaffee schwappt aus Ethans Tasse auf den hellen Bezug und ich verziehe missmutig das Gesicht.

»Du kannst von Glück reden, dass man den Bezug waschen kann, sonst wäre ich jetzt mächtig sauer.«

»Tut mir leid«, sagt Ethan kleinlaut und zieht ein bedauerndes Gesicht. »Das liegt nur an dieser Stimmung, die mir derzeit überall hin folgt. Kriegt euch gefälligst ein.«

»Meine Stimmung hat nichts mit deinem Boss zu tun. Ich hab einfach nur einen Kater und jetzt geh ich duschen. Mach es dir doch in der Zwischenzeit bequem«, sage ich mit einer vor Ironie triefenden Stimme und verlasse mit einem Wutball im Magen, so groß wie die Eiche im Park des *Destiny*, das Wohnzimmer. Verdammt, wieso musste er diesen Zettel finden? Jetzt gibt es schon zwei Männer, die denken, ich biete meinen Körper gegen Bezahlung an. Das aller Schlimmste ist, das wollte ich ja. Aber plötzlich eben nicht mehr. Ich will nicht, dass Logan denkt, ich würde mit jedem Mann Sex haben. Er soll wissen, dass ich nur mit ihm Sex haben will.

Ich hab es so was von versaut und ich weiß nicht einmal genau, warum ich es getan habe. Andrew hat recht, ich hab genug Alkohol gebraucht, um es überhaupt durchziehen zu können. Und dann hab ich es geschehen lassen. Und jetzt bin ich ein Callgirl. Adrienne wird mich umbringen.

4. Kapitel

Destiny

Mürrisch werfe ich einen Blick aus dem Bürofenster. Eigentlich sollte ich diesen Anblick längst gewohnt sein, vielleicht war ich das bis vor ein paar Tagen auch noch, aber jetzt macht mich der schwarze SUV mit dem Logan-Davonport-Logo an der Seite nur noch wütend. Ich fühle mich wie ein Schwerverbrecher, der rund um die Uhr unter Beobachtung steht. Ich habe schon versucht, Ethan loszuwerden, indem ich ihn auf Botengänge schicken wollte, aber das hat nicht funktioniert. Ethan hat einfach jemand anderen angerufen und ihn diese Aufträge erledigen lassen. Seit drei Tagen ist er jetzt schon mein Mitbewohner. Und er ist ein wirklich nerviger Mitbewohner. Einer von der Sorte, die ständig etwas liegen lassen, kleckern, nicht abwaschen und den Toilettendeckel oben lassen. Sollte ich je die Kraft haben, mich Logan zu stellen, werde ich ihn in den Boden rammen.

Aber selbst wenn ich bereit wäre, mich ihm zu stellen, um zu versuchen, die Dinge zwischen uns zu klären, der Mann hat noch nicht einmal versucht, mit mir Kontakt aufzunehmen. Noch am Tag von Ethans Einzug habe ich ihm eine Mail mit dem korrigierten Manuskript seines Vaters geschickt. Natürlich habe ich mich in dieser Mail nicht freundlich über meinen Wachhund und Mitbewohner ausgelassen und ihn gebeten, mir zu erklären, was er sich dabei gedacht hat. Aber dieser Kerl hat es nicht für nötig gehalten, mir zu antworten. Und das macht mich fertig. Ich fühle mich am Boden zerstört, weil er sich nicht bei mir meldet. Weil er so offensichtlich kein Interesse an mir hat. Welchen noch deutlicheren Beweis hätte er mir dafür liefern können, dass es ihm nichts bedeutet hat, mit mir zu schlafen?

Frustriert schließe ich die Augen, stoße die Luft hörbar zwischen den Lippen aus und wende mich vom Fenster ab. Ich ziehe eins der unfertigen Manuskripte vom Stapel auf meinem Schreibtisch und lese, ohne wirklich zu lesen, was dort steht, die ersten Zeilen des Exposés.

Mir fehlen meine Freundinnen, das *Destiny*, ja sogar meine Mutter. Ständig kreisen meine Gedanken um sie: Ich will wissen, wie es ihr geht. Hoffe, dass diese schlimme Situation nicht dafür sorgt, dass sie sich noch mehr in sich zurückzieht. Dass meine Mutter so abweisend und kalt ist, hat viel mit ihren Schuldgefühlen zu tun. Das habe ich schon vor Jahren begriffen. Nur Dana war in der Lage, diesen Schutzwall zu durchbrechen. Erst jetzt verstehe ich auch, warum. Ihre Schuld hat viel mit dem zu tun, was Dana und ihr passiert ist. Sie gibt sich die Schuld an Danas Leid, weil sie sie in Ronnys Haus mitgenommen hat.

Wenn sie mir nicht endlich die Wahrheit erzählt hätte, hätte ich sie vielleicht nie ganz verstanden. Jetzt tue ich es. Und ich kann ihr besser verzeihen, dass sie als Mutter immer so desinteressiert gewirkt hat. Es ist sogar ein wenig verwirrend zu wissen, dass sie und Logan sich so ähnlich sind. Sie beide blockieren sich gegen Gefühle für ihre Mitmenschen aus der Angst heraus, sie könnten diese Menschen verletzen.

Jens aufbrausende, entrüstete Stimme dringt durch die verschlossene Bürotür. Noch bevor das richtig zu mir durchgedrungen ist, wird die Tür aufgerissen und ein vor Wut tobender Logan steht in meinem Büro. »Was hast du dir dabei gedacht?«

Ich atme tief ein und konzentriere mich darauf, ruhig zu bleiben. Um meine absolute Gelassenheit nach außen hin zu demonstrieren, setze ich mich in aller Ruhe hinter meinen Schreibtisch und falte die Hände auf der Tischplatte.

»Guten Tag, Mr Davonport. Nehmen Sie doch Platz«, sage ich und sehe ihn scharf an. Ich muss mich anstrengen, die bebenden Muskeln unter seinem eng anliegenden Shirt nicht zu bemerken. Die wilde Schönheit in seinem Gesicht, die der Zorn dort hinzaubert, nicht zu sehen.

Logan baut sich vor mir auf und stützt die Fäuste auf die Schreibtischplatte auf. In seinem Blick lodert es so beängstigend, dass ich am liebsten vor ihm zurückzucken will. Aber das werde ich nicht. Dieser Mann hat mich tief verletzt. Eigentlich wollte ich es ihn nicht spüren lassen, weil es das ist, weswegen er immer Abstand zu Frauen sucht. Aber das hat er nun mal getan und vielleicht ist es an der Zeit, es ihm auch zu zeigen. Ihm zu verdeutlichen, dass egal wie sehr er versucht, eine Frau nicht an sich heranzulassen, er sie trotzdem verletzen kann. »Was getan?«

»Deinen Körper verkauft.«

Innerlich zucke ich zusammen und möchte Ethan erwürgen, aber äußerlich lasse ich es mir nicht anmerken, wie verunsichert und schuldig ich mich fühle, weil er es weiß. Aber ich schüttle diese Gefühle ab. Ich könnte mich verteidigen und ihm sagen, dass das alles nur ein Missverständnis war. Aber es gefällt mir auch, dass er so wütend ist. Diese Wut, die durch seinen Körper vibriert, schürt den kleinen Funken Hoffnung wieder.

»Es ist mein Körper, ich kann damit machen, was ich will«, sage ich deswegen und lasse zu, dass meine Stimme zornig klingt.

»Es ist nicht das, was deine Mutter für dich will.«

»Ah ja?«, stoße ich lauter hervor und stehe auch auf, um auf einer Höhe mit ihm zu sein. Ich verschränke die Arme vor der Brust und sehe ihn trotzig an. »Du bist also hier, um meiner Mutter beizustehen?« Ich bin enttäuscht.

»Sie kämpft dort draußen seit Jahren um jede Frau, die sie retten kann.«

»Mich braucht sie nicht zu retten.«

»Du hörst sofort damit auf. Ich will nicht auch noch dich auf Docs OP-Tisch sehen.«

»Das ist es also? Meine Mutter und diese Fremde auf unserer Auffahrt? Mehr nicht?« Ich lasse mich wieder in meinen Stuhl sinken. Ich fühle mich so matt, dass ich meinen Beinen nicht länger traue. »Deswegen bist du also hier?«

Logan schüttelt den Kopf und setzt sich in den Sessel vor meinem Schreibtisch. Seine Brust hebt und senkt sich unter schweren Atemzügen. »Versprich mir, dass du damit Schluss machst. Ich will deiner Mutter nicht sagen müssen, dass du tust, wovor sie dich dein Leben lang bewahren wollte.«

Ihn interessiert also wirklich nur Adrienne. Tränen brennen in meinen Augen. Jetzt wäre der richtige Augenblick, um ihm die Verletzung zu zeigen, die er mir zugefügt hat. Aber ich kann es nicht. Weil ich die Vorstellung nicht ertragen kann, dass er leidet. Also schlucke ich meine Gefühle herunter. »Ist das dann alles?«

Er kneift die Lippen fest zusammen und schüttelt den Kopf. In seinem Gesicht kann ich ablesen, dass er enttäuscht von mir ist. Diese Enttäuschung schmerzt mich, weil sie nicht das ist, was ich sehen will. Ich will sehen, dass er wütend vor Eifersucht ist. Ich will dieses Verlangen nach mir sehen, das ihn dazu getrieben hat, seine eigenen Regeln zu brechen und mit mir zu schlafen. Aber all das ist nicht da.

»Nein, ich hab deine Mail bekommen.« Er verzieht für einen Moment das Gesicht zu einer schmerzlichen Maske. »Ich hatte in den letzten Tagen viel Zeit. Ich war in Inverness und hab einen von Ronnys Partnern observiert. Also hab ich sie gelesen.«

Ich sehe ihn erstaunt an. »Du meinst die Biografie? Aber ich dachte, das hast du mittlerweile längst.«

Er schüttelt den Kopf. Ihn vor mir zu sehen, mit diesem Schmerz, der ihm aus jeder Pore tropft, sein

Aftershave zu riechen, das wie eine leichte Brise in der Luft hängt. Ich muss alle Kraft aufwenden, die ich habe, um nicht aufzustehen und zu ihm zu gehen. Um ihn nicht einfach zu umarmen und meine Lippen auf seine zu pressen. In diesem Augenblick will ich nichts mehr spüren, als ihn ganz nah bei mir. Ich kralle meine Finger in die Armlehnen.

»Habe ich nicht, aber jetzt. Ich hatte auch viel Zeit zum Nachdenken. Einiges, das da drin steht ... Ich denke, es erklärt ein paar Sachen.« Es klingt fast widerwillig, wie diese Worte über seine Lippen kommen, trotzdem weiß ich, was er mir damit sagen will.

»Du glaubst deiner Mutter also jetzt, dass dein Vater nicht der ist, für den du ihn gehalten hast?«

Er weicht meinem Blick aus und mustert die Buchrücken im Bücherregal. »Zumindest denke ich, dass ich mich in ihm getäuscht habe.«

»Das ist schon mal ein Anfang.« Ich kann nicht sagen, dass ich erleichtert bin, denn ich habe nicht den Eindruck, dass Logan deswegen bereit ist, Gefühle in seinem Leben zuzulassen. »Soll noch etwas geändert werden?«

»Nein, es ist gut so. Vielleicht fügst du noch an, dass ich lange gebraucht habe, um zu begreifen, wie blind ich war und dass es am Ende zu spät war, mich bei ihm zu entschuldigen, aber ich hoffe, dass er trotzdem weiß, dass ich ihn liebe. Und dass ich ihn achte, für das, was er für meine Mutter getan hat.«

Ich nicke, eine Träne rinnt mir über die Wange. Ich wische sie heimlich weg. Logan hat sie nicht gesehen, weil er noch immer die Buchrücken anstarrt. »Das klingt schön«, sage ich und bin erleichtert, dass er sich zumindest mit seinem Vater befasst hat. Jetzt muss er nur noch seine Schlüsse daraus ziehen und zulassen, dass er für sich selbst einsieht, wie falsch seine für sich auferlegten Regeln sind.

»Okay«, sagt Logan und steht auf. Er setzt wieder diese erstarrte Miene auf, in der man nicht lesen kann. Und wieder sieht er in eine andere Richtung. Überallhin, nur nicht zu mir. »Wie läuft es mit Ethan?«

»Schwierig«, sage ich und stehe auch auf. »Er ist ungehorsam, geht nicht pünktlich ins Bett und mäkelt am Essen herum. Er braucht wohl seinen Vater.«

Logan lacht leise auf. »Netter Versuch, aber du behältst ihn.«

»Wie wäre es, wenn wir uns das Sorgerecht teilen? An den Wochenenden bist du dran?«

»Wie wäre es, wenn du einfach zurück in das *Destiny* ziehst, wo du sicherer bist?«

Er wendet sich zur Tür, dreht sich noch einmal um und sieht mich jetzt doch an. Sein Blick ist so emotionslos. Kalt. Da ist nichts mehr von der Leidenschaft, die er früher ausgestrahlt hat, wenn wir in einem Raum waren. In diesem Moment wird es noch deutlicher: Ich war wirklich nur eine Abwechslung und jetzt ist es vorbei. Vielleicht stimmt nichts von dem, was ich mir zurechtgelegt habe für seine Gründe, grundsätzlich nur mit Callgirls zu schlafen.

»Es ist nicht mehr mein Zuhause.«

5. Kapitel

Destiny

»Du hättest es ihm nicht sagen müssen«, keife ich Ethan an und werfe den Wohnungsschlüssel auf die kleine Kommode neben der Tür. Dabei fällt mein Blick auf das alte schwarz-weiß Foto von Dana, das an der Wand darüber hängt.

Es wurde vor Jahren im Park vor dem *Destiny* gemacht. Es ist so alt wie ich. Dana hat mir erzählt, Adrienne hat es gemacht und im Moment, als sie den Auslöser gedrückt hat, ist die Fruchtblase geplatzt. Dieses Foto unter der Eiche, im Hintergrund das *Destiny*, war immer Danas Lieblingsbild von sich, wegen der Bedeutung des Augenblicks. Es ist auch mein Lieblingsfoto von Dana, aber aus einem anderen Grund. Weil sie so sinnlich, glücklich und wunderschön darauf aussieht. Sie hat ihr damals noch dunkles Haar locker aufgesteckt und trägt ein geblümtes Kleid mit einem weit schwingenden Rock. In ihrem Gesicht kann man den Schmerz der letzten Jahre sehen, trotz des Lächelns auf ihren schmalen Lippen. Ihr Blick ist in dem Moment festgehalten, in dem der Ausdruck in ihren Augen von nachdenklich auf freudig erstaunt wechselt, als die Fruchtblase platzt. Meine Mutter ist genauso erschrocken wie sie, weswegen das Bild ein klein wenig verwackelt ist.

»Musste ich doch«, sagt Ethan und lässt seine Papiere und den Autoschlüssel auch auf die Kommode fallen. »Glaubst du, ich lass zu, dass du so dein Geld verdienst?«

»Es scheint euch nicht zu stören, wenn andere Frauen ihre Körper an euch verkaufen.«

Er stockt, atmet hastig ein und verdreht genervt die Augen. »Du solltest es besser wissen. Willst du alles, was deine Mutter aufgebaut hat, auf diese Weise mit Füßen treten?«

Er geht an mir vorbei ins Wohnzimmer und ich folge ihm. »Es geht dich zwar nichts an, aber das habe ich nicht. Das alles ist ein Missverständnis.«

»Was gibt es bitte daran misszuverstehen?«

Ich gehe in die Küche, nehme das Geld vom Schrank und wedle aufgebracht damit herum. »Ich hatte Sex mit ihm, aber es war nie die Rede von Geld.« Ich schnaube laut. »Es ist einfach passiert und am nächsten Morgen lag das Geld hier und diese Notiz. Das ist alles. Und jetzt nehme ich es und kläre die Sache auf.«

»Wie kommt der Kerl dann darauf, dass du ein Callgirl bist?«, will Ethan wissen und grinst plötzlich bis über beide Ohren. Ich kneife die Augen zusammen, um ihm zu verdeutlichen, dass ich es nicht einfach hinnehmen werde, wenn er mich jetzt auslacht.

Gefrustet reiße ich die Arme hoch und lasse sie wieder fallen. »Ich weiß es nicht. Wir haben über Professionalität gesprochen. Er hat wohl von einer anderen Professionalität gesprochen als ich.«

Jetzt fängt Ethan doch an, lauthals zu lachen und hält sich sogar den Bauch.

»Was ist so lustig?« Adriennes kühle Stimme dringt vom Flur ins Wohnzimmer. Ich zucke erschrocken zusammen.

Die Wohnungstür kracht ins Schloss und dann wird ein Schlüssel geräuschvoll auf die Kommode im Flur geworfen. Ich sollte unbedingt herausfinden, wie viele Schlüssel es zu dieser Wohnung gibt.

»Adrienne, komm doch rein«, sage ich. »Mach dir keine Sorgen um Ethan, er hat manchmal diese plötzlich auftauchenden Anfälle. Geht gleich wieder vorbei.«

Sie kommt näher und mustert Ethan argwöhnisch, der verzweifelt versucht, sich zusammenzureißen und dabei einen knallroten Kopf hat. Ich lasse schnell das Geld hinter meinem Rücken verschwinden und gehe rückwärts in die Küche. »Ich koch dann mal Kaffee. Kommen noch mehr unerwartete Besucher?«

Adrienne schüttelt den Kopf, dann sieht sie mich mitleidig an. Aber da liegt noch etwas anderes in ihrem Blick. Etwas, das mich erstarren lässt. Mein Herzschlag beschleunigt sich. Weiß sie es? Ich drehe mich zur Kaffeemaschine um, öffne den Schieber darunter und lasse das Geld verschwinden. Nervös beschäftige ich mich damit, Wasser in die Glaskanne laufen zu lassen, als meine Mutter neben mir auftaucht und eine Hand auf meinen Unterarm legt. Mit der anderen nimmt sie mir die Glaskanne ab und stellt sie auf die Arbeitsfläche.

»Er hat eine alte Freundin von mir umgebracht und uns ein Video von dem Mord geschickt. Du musst wieder zurückkommen.«

Ich nehme den Finger vom Schalter der Kaffeemaschine und lasse meine Hände sinken. Eine Vorwarnung wäre nett gewesen, aber so ist Adrienne nun mal. Wozu mit Nettigkeiten aufhalten? »Wer?«

Meine Mutter schüttelt den Kopf, greift nach einer meiner Hände und hält sie traurig in ihren. »Du kennst sie nicht.«

»Ich habe schon einen Wachhund, ich brauche nicht mehr«, sage ich leise und entziehe ihr meine Hand. Ich bin es nicht gewohnt, dass meine Mutter mich liebevoll berührt und besorgt ansieht.

»Ich habe Angst um dich, wenn du hier allein bist.«

»Das bin ich nicht«, sage ich lauter und sehe zu Ethan, der die Szene vom Wohnzimmer aus beobachtet. »Und solange er mich nicht hier raus zwingt, bleibe ich hier. Ich traue ihm zu, auf mich aufzupassen. Das traue ich sogar mir selbst zu. Wenn ihr ein Video habt, dann habt ihr doch einen Beweis. Warum geht ihr jetzt nicht zur Polizei?«

»Weil man ihn nicht sehen kann. Ronny ist nicht dumm«, wirft Ethan ein, kommt näher und stützt sich auf den Tresen, der Wohnzimmer und Küche trennt.

»Du hast es gewusst?«, fahre ich ihn an, wende mich wieder der Kaffeemaschine zu und schalte sie endlich ein. Ich brauche unbedingt einen Kaffee. Es tut mir leid um Adrienne, wegen all der Dinge, die sie gerade durchmachen muss, aber ich bin noch nicht bereit dazu, Logan jeden Tag zu sehen. Dass ich das nicht bin, habe ich heute Nachmittag erst zu spüren bekommen. Er mag vielleicht keine Probleme damit haben, mir zu begegnen, aber ich habe welche. Und es schmerzt mich sogar noch mehr, dass er so offensichtlich keine Gefühle für mich zu haben scheint, als ich bisher gedacht habe. Die heutige Begegnung mit Logan hat die Wunde in meinem Inneren noch weiter aufgerissen.

»Er hat mir das Video geschickt, kein schöner Anblick. Aber ich dachte, es wäre besser, wenn deine Mutter mit dir spricht.«

»Ah«, mache ich zornig. »Dann bist du gar nicht freiwillig hier, sondern weil du musst.« Wütend hole ich Tassen aus dem Schrank und stelle sie nebeneinander vor mich hin. Meine Finger zittern, als ich die Zuckerdose aus dem Hochschrank hole. Milch brauche ich keine, niemand von uns gibt gerne welche in seinen Kaffee. Meine Mutter trinkt sie in ihrem Tee, aber ich habe keinen da. Ich bin noch nicht voll ausgestattet.

Eigentlich hatte ich vor, morgen nach der Arbeit ein wenig einkaufen zu gehen. Aber selbst das Einrichten meines neuen Zuhauses scheint mir gerade zu entgleiten. Nichts läuft mehr so, wie ich es mir vorgenommen habe. Ich werfe Adrienne einen wütenden Blick zu. Es ist so einfach, alle Schuld ihr zuzuschieben. Und es fühlt sich gut an, mich selbst davon zu befreien. Ich weiß, dass ich ihr damit Unrecht tue, aber ich brauche diese kurzen Sekunden, in denen ich tief und frei durchatmen kann. Also halte ich mich an dem Gedanken fest, dass all das wegen ihr passiert.

»Ich bin hier, weil ich mir Sorgen mache«, wiederholt sie scharf. Ich mustere ihr Gesicht und in ihren Augen sehe ich deutlich etwas, das dort noch nie war: Mitgefühl.

Ich will diese Dinge dort nicht sehen, aber sie sind da und jetzt, wo ich sie gesehen habe, kann ich sie nicht mehr wegstoßen. Und ich kann auch das kleine warme Glimmen in meiner Brust nicht ignorieren. Deswegen kostet es mich Mühe, nicht einzuknicken. Die Angst vor dem Schmerz, den Logan mir zufügt, ist größer. Auch wenn ich mir wünsche, das, was da mit meiner Mutter geschieht, erforschen zu können, ich muss mich weiter sträuben. Ich gebe Kaffee in die Tassen und stelle sie auf den Tresen. Ethan lächelt mich dankbar an und beobachtet mich neugierig, als ich zu Adrienne aufsehe. Ich weiß, er wartet auf meine Entscheidung, und egal, wie ich mich entscheide, er wird es akzeptieren.

»Ich bin noch nicht so weit. Gib mir noch ein paar Tage und dann sehen wir weiter.«

* * *

Auch, wenn ich mich nicht wohl bei der Sache fühle, es ist richtig, das zu tun. Ich sehe an der hellen Hausfassade hoch und beiße mir fest auf die Unterlippe. Mein Herz legt einen schnellen Galopp hin und ich habe das Gefühl, als würden meine Eingeweide sich umdrehen. Und als ob es mir nicht schon schlecht genug geht, steht plötzlich diese Frau vor mir, die ich im Augenblick überhaupt nicht ertragen kann. Und sie lächelt mich freundlich an, weil sie anscheinend keine Ahnung hat, wer ich bin. Aber warum sollte sie auch? Denn ich bin niemand von Bedeutung. Nicht für Logan. Immerhin scheint sie jemand von Bedeutung, wenn Logan sie mit zu seiner Mutter gebracht hat. Und wenn sie hier ist, heißt das, dass auch Logan hier ist. Und überhaupt bedeutet ihre Anwesenheit im Haus von Hannah Walker, dass die Rothaarige vom Straßenrand Logan mehr bedeutet als das gewöhnliche Callgirl, das sonst sein Bett teilen darf. Gewöhnlich, so wie ich. Mein Körper kann sich gerade nicht entscheiden, was er tun soll. Heiße Schauer, weil er gleich auf Logan treffen wird. Oder sterben, weil sie bekommen hat, was ich wollte.

Die Rothaarige hält mir die Hand hin und ich kann mich nicht rühren. Ich weiß, dass ich reagieren sollte, aber ich bin wie erstarrt. Mein Blick ist auf ihr Gesicht gerichtet und ich glaube, ich habe sogar aufgehört zu atmen.

»Mein Name ist Eliza«, sagt sie und lächelt noch immer freundlich.

Ich zwinkere und schüttle mit Gewalt die Starre von mir ab, greife nach ihrer Hand und nicke mit einem Lächeln, das so aufgesetzt wirken muss, dass es ihr nicht entgangen sein kann. Aber sie lächelt einfach freundlich weiter. »Hope«, krächze ich, schlucke den Kloß herunter und versuche es noch einmal. »Hope, ich komme vom Verlag.«

»Ah ja, ich hab davon gehört. Irgendwie muss ich das ja«, sagt sie jetzt und wirkt nun nicht mehr so selbstsicher. »Kommen Sie rein, Hannah wartet im Wohnzimmer auf Sie.«

Mit klopfendem Herzen betrete ich das Haus und folge Eliza ins Wohnzimmer, wo wohl auch Logan auf mich warten wird. Wahrscheinlich, um mich davon zu überzeugen, wieder zurück in das *Destiny* zu ziehen.

In meinem Inneren brüllt die verletzte, verzweifelte Hope laut. Mein Körper scheint sich dafür entschieden zu haben, mich leiden zu lassen, bevor er mich sterben lässt. Als ich das Wohnzimmer betrete, bin ich schon fast so weit, einfach auf dem Absatz kehrt zu machen und aus dem Haus zu rennen. Doch dann stocke ich mitten im Schritt, als ich durch die Tür komme und Hannah allein auf dem hübschen Sofa sitzen sehe.

Auf dem kleinen Tisch vor dem Kamin steht ein Tablett mit einer silbernen Kanne und dazu passenden Tassen. Es sind drei Tassen. Sie haben mich schon erwartet. Oder das Geschirr ist noch nicht abgeräumt und Logan ist noch irgendwo in der Nähe. Ich gehe lächelnd auf Hannah zu. Obwohl es genug Gründe für mich gibt, nicht hier zu sein, freue ich mich trotzdem, Hannah wiederzusehen. Trotz ihrer Krankheit, die ihr Leben so sehr bestimmt, ist sie eine wundervolle Frau und ich mag sie sehr.

»Schön, dich noch einmal zu sehen«, sagt sie, als wären wir alte Freunde. »Setz dich zu mir.«

Ich gebe ihr die Hand und versuche, meinen lauten Herzschlag zu ignorieren. »Guten Tag, wie geht es Ihnen?«

»Dir«, verbessert sie mich. »Gut, sehr gut sogar. Mir ging es lange nicht mehr so gut. Wie ich höre, sieht es bei deiner Mutter leider nicht so rosig aus wie bei mir.«

Sie strahlt über das ganze Gesicht und scheint fast schon zu leuchten, als Eliza an den Tisch herantritt, die Tassen arrangiert und Tee einschenkt. Also hat die dritte Tasse doch auf mich gewartet, denke ich erleichtert, gleichzeitig schnürt es mir die Kehle zu. Denn, wenn Logan nicht hier und Eliza allein zu Besuch ist, dann scheint sie Logan wirklich wichtig zu sein. Und dieses Leuchten in Hannahs Augen zerreißt mir fast das Herz. Ich kann den heimlichen Wunsch dahinter schon fast riechen. In ihrer Vorstellung trägt Eliza wohl schon ein weißes Brautkleid. Wie kann sie sich da nur so sicher sein, immerhin hat Logan noch vor Kurzem mit meinen Freundinnen und mir seinen Spaß gehabt?

Mein Kinn klappt mir fast bis auf die Brust, als mir ein Gedanke kommt, den ich nicht wahr haben will. Aber kann es sein, dass es zwischen Eliza und ihm auch ein Abkommen gibt? Habe ich mich so in Logan geirrt? Das würde bedeuten, alles, was ich mir über Logans Hang zu Callgirls und unkomplizierten Beziehungen zurechtgelegt habe, ist nicht wahr. Ich blinzle nervös, um nicht vor diesen Frauen in Tränen auszubrechen. Ich fühle mich so unbehaglich, ich kann es nicht beschreiben. Aber jetzt bin ich hier, ich kann unmöglich weglaufen.

Das würde zu viele Fragen aufwerfen. Eliza könnte mitbekommen, dass etwas nicht stimmt. Dass es da eine Frau gibt, die mehr als nur Sex von Logan wollte. Die sich falsche Hoffnungen gemacht hat, weil Logan ihr nicht gesagt hat, dass er längst vergeben ist. Mache ich mir Sorgen um ihn oder um Eliza? Nein, um Eliza. Ich will einfach nicht, dass auch sie verletzt wird.

»Du siehst blass aus«, sagt Hannah und legt eine Hand auf meinen Oberschenkel. Ich trage heute eine dünne Seidenhose und nehme ihre Berührung deutlich wahr. Und sie wird das Zittern in meinem Bein wahrnehmen.

»Alles in Ordnung, ich habe heute noch nichts gegessen, deswegen bin ich wohl unterzuckert«, sage ich beiläufig.

Eliza setzt sich auf einen schmalen Sessel und hält mir einen Teller mit Keksen hin.

»Nimm«, befiehlt Hannah. »Meine Tochter ist eine Sterneköchin in Edinburgh. Hast du das gewusst? Natürlich wusstest du es nicht«, sagt Hannah lächelnd.

»Tochter?«, platzt es aus mir heraus. Ich sehe Eliza schockiert an und bemerke erst jetzt, dass sie die gleichen Augen hat wie Hannah. Nur sind Hannahs etwas blasser vom Alter.

»Logan hat sie suchen lassen. Er ist einfach wundervoll.«

Eliza lacht laut auf. »Du siehst so schockiert aus.«

Jetzt lacht Hannah. »Ich hab dir doch gesagt, Logan steht mit seinen Gefühlen nicht allein da.«

»Was?«, stottere ich schwach. »Logan will nichts von mir.« Oh mein Gott, schießt es mir durch den Kopf. Vielleicht doch. Ich bin schuld. Ich habe ihn einfach stehen lassen und bin weggelaufen. Aber er war ja bei mir im Büro und da wirkte er alles andere als interessiert. Und woher sollte ich wissen, dass sie seine Schwester ist? Ich schiebe mir zitternd meinen Keks zwischen die Lippen und beiße ab. Sie ist seine Schwester und ich habe so einen riesigen Misthaufen gebaut.

Hannah lacht noch immer, dann schüttelt sie den Kopf und winkt ab. »Sie scheint genauso wenig zu wissen, was sie will wie er. Die Kekse sind schon geradezu unheimlich gut, oder?«

Ich nicke wie betäubt. In meinem Kopf kreisen zu viele Gedanken, dass ich wirklich mitbekommen könnte, wie die Kekse schmecken.

»Die Biografie ist also fertig?«, lenkt Logans Mutter meine Gedanken zurück in dieses Wohnzimmer. Aber ich kann mich nicht mehr richtig konzentrieren. Mechanisch ziehe ich einen Abzug des Manuskripts aus der Tasche und gebe ihn ihr. Hannah nimmt ihn mir ab und gibt ihn an Eliza weiter.

»So gespannt ich auf Logans Kapitel bin, Eliza soll es zuerst lesen. Sie soll ihren Vater kennenlernen.«

»Du bist also Sterneköchin in Edinburgh?«, frage ich, um mich abzulenken. Ich muss irgendetwas tun, um meine Gedanken von Logan und dem größten Fehler meines Lebens weg zu bekommen.

»Nein«, sagt sie lächelnd und blättert durch die Biografie, betrachtet die schwarz-weiß Bilder, die an den entsprechenden Stellen zwischengefügt sind, und sieht dann wieder zu mir auf. »Ich helfe in der Küche aus. Eigentlich habe ich keine abgeschlossene Ausbildung. Ich habe sie abgebrochen, als meine Eltern bei einem Flugzeugabsturz ums Leben gekommen sind. Irgendjemand musste sich ja um meine Oma kümmern, sie hatte Multiple Sklerose.«

»Das tut mir leid«, sage ich und seufze innerlich, weil mein schlechtes Gewissen jetzt noch größer ist, immerhin habe ich noch vor wenigen Tagen dieser Frau die Pest an den Hals gewünscht. Nun ja, das habe ich nicht wirklich, aber ich war nahe dran.

»Dann musst du wohl bald wieder gehen?«

»Nein, meine Oma ist vor ein paar Wochen gestorben. Eigentlich hält mich nichts mehr in Edinburgh. Ich denke gerade darüber nach, hier zu bleiben.«

Hannah legt mir lächelnd eine Hand auf den Unterarm. »Ich würde mich sehr freuen.« Ja, und diese Freude kann ich ihr deutlich ansehen.

Ich deute auf das Manuskript. »Wir könnten vielleicht noch etwas über dich erwähnen. Hast du schon darüber nachgedacht, was auf dich zukommen könnte, wenn die Öffentlichkeit von dir erfährt und wenn sie herausbekommt, wer du bist?« Ich versuche wirklich, mich zu konzentrieren, aber mit dieser Nachricht habe ich nicht gerechnet.

Ich war mir so sicher, darüber, wer diese Rothaarige ist, dass ich jetzt nicht in der Lage bin zu begreifen, was hier gerade geschieht. Doch, ich begreife schon, aber ich versinke im Strudel der Gefühle, die auf mich hereinstürmen: Schuld, Fassungslosigkeit, Hilflosigkeit und Verzweiflung. Ich habe alles falsch gemacht. Aber hätte es was an dem geändert, was zwischen mir und Logan lief oder nicht lief, wenn ich nicht weggelaufen wäre? Wohl kaum.

Eliza schüttelt den Kopf. »Wir versuchen es geheim zu halten. Zumindest solange es geht.«

»Das verstehe ich. Du hast gerade erst deine Familie gefunden. Ich werde dem Verlag nichts sagen, dann wird auch nichts an die Presse weitergegeben. In diesem Buch stehen genug Sensationen. Das sollte erst einmal ausreichen, um die Medien beschäftigt zu halten.« Ich trinke meinen Tee aus und sehe auf die Uhr. »Ethan wartet draußen auf mich.« Manchmal ist ein Wachhund an der Seite doch nicht so unpraktisch. Jetzt gibt er mir einen Grund, mich schnell verabschieden zu können. Es gibt Dinge, über die ich mir klarwerden muss. Und ich muss etwas richtigstellen, auch wenn ich noch nicht weiß wie und ob Logan überhaupt daran interessiert ist. Immerhin sieht die Sache jetzt noch viel schlimmer aus: Ich hatte Sex mit einem anderen Mann und Logan hatte offensichtlich nur Sex mit mir. Zumindest muss ich jetzt davon ausgehen.

Hannah umarmt mich und tätschelt zärtlich meinen Rücken. »Schubsen sie Logan ins kalte Wasser. Er braucht nur manchmal einen Anstoß. Sein Vater war auch immer schwer von Begriff.«

»Ich glaube nicht, dass es daran liegt. Er ist einfach nur nicht an einer Beziehung interessiert. Und ich befürchte, das wird sich so schnell auch nicht ändern«, entgegne ich, während Hannah mich nach draußen begleitet.

Hannah Walker ist eine Frau, die immer würdevoll und sehr elegant wirkt, aber dieses neue Strahlen, das sie umgibt, lässt sie wie eine Königin wirken. Neben ihr fühle ich mich fast wie ein Bauerntölpel. Ich würde gerne nur ein klein wenig so auf andere Menschen wirken. Aber ich glaube, eine solche Ausstrahlung muss einem angeboren sein und ich hatte leider nicht das Glück.

»Es gibt viele Männer, die sich für so unnahbar und cool halten, dass sie glauben, nie in die Falle einer Frau zu tappen, aber früher oder später bekommen wir sie alle. Und die, die wir nicht bekommen, spielen in einer anderen Liga.« Sie zwinkert mir zu. »Auch mein Sohn kann sich diesem Naturgesetz nicht entziehen. Niemand kann sich auf Dauer gegen die Liebe wehren.«

Wie kann sie nur glauben, dass Logan mehr für mich empfinden könnte, als er ihr oder mir offenbart hat? Seine Worte waren doch ziemlich deutlich gewesen und nichts, was zwischen uns geschehen ist, nichts, das er je zu mir gesagt hat, lässt einen anderen Schluss zu, als dass er nur sein Vergnügen mit mir gesucht hat.

Sie zieht mich noch einmal an sich. »Ich hoffe, dass wir uns wiedersehen, auch wenn die Biografie jetzt fertig ist.«

6. Kapitel

Destiny

»Wieso hast du es mir nicht gesagt?«, fahre ich Ethan an, kaum, dass ich die Beifahrertür zugezogen habe und sitze.

»Was nicht gesagt?«, fragt er, sieht mich verdutzt an und dreht dann den Schlüssel im Zündschloss.

»Dass sie seine Schwester ist.«

»Wer? Was?«, stammelt er und lässt den Motor leise tuckern. Er reißt beide Augenbrauen hoch und fängt dann an zu lachen. »Eliza?«

»Ja, genau.«

»Wieso hätte ich dir das sagen sollen? Ich versteh gerade nicht, was du meinst.«

»Ich hab sie vor dem Verlagshaus aus dem SUV steigen sehen und dachte, sie wäre ein ...« Ich kneife die Lippen fest aufeinander und wedele mit den Händen.

»Du hast gedacht, sie ist ein Callgirl? Sein neues Mädchen der Stunde?« Wieder lacht Ethan laut auf und schüttelt sich. »Jetzt versteh ich, was hier läuft. Unfassbar, dass du eifersüchtig auf seine Schwester bist.«

»Hör auf zu lachen«, befehle ich und boxe ihm gegen den Oberarm. »Nur deswegen bin ich aus dem *Destiny* ausgezogen, weil ich es nicht ertragen hätte, ihn zu sehen und zu wissen, dass es da noch andere gibt. Ich dachte, ich könnte das, aber eben doch nicht.«

Ethan schnappt nach Luft und verstummt. Er schüttelt den Kopf, startet den Motor und fährt vom Anwesen der Walkers. »Nein, ich sag dazu nichts mehr. Mir reicht schon Logan. Ich bin nicht euer Paartherapeut.«

»Was soll das heißen? Habt ihr über mich gesprochen?« Mein Herz macht einen hoffnungsvollen Sprung.

»Haben wir nicht. Er hat nicht, ich schon. Und jetzt rede ich nicht mehr darüber. Ihr bekommt das schon hin.«

Als ich den Mund aufmache, um noch etwas zu sagen, winkt Ethan nervös ab und wirft mir einen warnenden Blick zu. Also halte ich besser den Mund und versuche, aus dem schlau zu werden, was Ethan und Logans Mutter gesagt haben. Und wenn ich alles zusammenzähle, dann entzündet sich tief in mir eine Flamme der Hoffnung, aber ich traue ihr nicht. Ich kann den kalten, abweisenden Blick nicht vergessen, den Logan mir im Büro zugeworfen hat. Da war kein Funken Wärme, keine Sehnsucht. Da war gar nichts. Seine Augen haben etwas anderes gesagt als Ethan und Hannah. Sie versuchen, mir falsche Hoffnungen zu machen, weil sie sich das Gleiche für Logan wünschen wie ich: Dass er endlich glücklich wird und Gefühle in sein Herz lässt. Sie werfen mich ihm zum Fraß vor, um ihre eigenen Wünsche zu befriedigen und das ist so unfair, dass ich platzen möchte vor Zorn. Sie können mich doch nicht für ihre Zwecke missbrauchen. Was ist mit meinem Herzen?

Ich muss mich ablenken, denn diese Flamme, die die beiden gesät haben, lässt mich einfach nicht in Ruhe. Und ich darf nicht zulassen, dass sie mich auffrisst. Ich reiße meine Handtasche auf und suche nach dem Geld, das ich als falsches Callgirl verdient habe. Ich schnaube zufrieden, als ich es finde. Ein paar Drinks werden mir bestimmt nicht schaden. Okay, lieber nur ein Drink. Noch ein Bündel Geld möchte ich nicht in meiner Küche finden. Und dieses Geld werde ich bei der Gelegenheit gleich seinem Besitzer wiedergeben.

Ich werfe einen Blick in den Seitenspiegel. Zuvor sollte ich mich aus den Büroklamotten schälen. Ich sehe auf meine schwarze Hose, die total knittrig aussieht. Wie konnte ich so nur zu Hannah Walker gehen? Natürlich habe ich in diesen Sachen neben ihr wie ein Bauerntrampel gewirkt. Ich möchte mich am liebsten dafür ohrfeigen, dass ich jemand bin, der so wenig Wert auf tolle Kleidung legt. Nun ja, ich befinde mich vielleicht doch auf dem Weg der Besserung, immerhin habe ich ein Kleid gekauft, das einen Mann dazu gebracht hat, über mich herzufallen. Ich muss lächeln, als ich an unsere Begegnung im Kaufhaus denke. Bei der Erinnerung wird mir ganz heiß zwischen den Schenkeln und die Sehnsucht überfällt mich so schnell, dass ich fast losgeheult hätte. Und das neben Ethan! Das darf nicht passieren.

Ethan hält vor dem Haus in zweiter Reihe. »Am besten, du gehst schon mal rein, ich such noch einen Parkplatz.«

Ich nicke, öffne die Tür und lasse mich aus dem SUV gleiten. Es regnet, das ist mir gar nicht aufgefallen. Ich sehe in den dunklen Himmel. Ein paar Tropfen landen in meinem Gesicht. Mit Schwung werfe ich die Beifahrertür zu und gehe auf das Haus zu. Ich schließe auf, bleibe vor den Briefkästen stehen, um nach der Post zu sehen und höre von rechts ein Geräusch. Ich wende mich dem Geräusch zu und erstarre für einen Moment. Mein One-Night-Stand lehnt an der Wand neben dem Hintereingang zur Bar. Als er mich bemerkt, sieht er mich an und grinst. Ich suche nach dem Geld in meiner Handtasche, um es ihm zu geben und seinen Irrtum aufzuklären, doch dann höre ich die Stimme eines anderen Mannes. Eine Stimme, die sich in mein Gedächtnis eingebrannt hat, wie der Anblick der Frau mit den aufgerissenen Wangen.

»Ich werde mich morgen an die Umsetzung machen ...«, sagt Ronny und seine Stimme jagt mir Schauer über den Rücken.

»Suchst du nach mir, Süße?«, will Andrew wissen.

Ronny steht unter den Stufen zur nächsten Etage, deswegen konnte ich ihn nicht sehen, aber jetzt beugt er sich nach vorne. Als er mich erkennt, erstarrt er sichtlich. Seine erstaunten, weit aufgerissenen Augen sind es, die meine eigene Erstarrung lösen. Ich schüttle hastig den Kopf, lasse das Geld in die Tasche fallen und stürze die Treppe nach oben. Ronny und Andrew? Heißt das etwa, ich hatte Sex mit jemandem, der für Ronny arbeitet? Mein Herz zieht sich stechend zusammen. Mit zitternden Fingern schließe ich die Tür auf, schlüpfe in meine Wohnung und lasse die Tür zufallen. Ich atme mehrfach keuchend ein und aus. Ronny McCraw und Andrew. Mir wird so übel, dass ich würgen muss vor Entsetzen. Ich muss Ethan warnen. Wer weiß, was sie ihm antun, wenn er ins Haus tritt und sie ihn erkennen. Nervös krame ich in meiner Handtasche. Die Panik hat mir die Kontrolle über meine Hände genommen. Ich lasse die Handtasche fallen, stürze auf die Knie, fange an zu weinen. Mein Blick verschwimmt und ich hab das Gefühl, ich kann nicht mehr atmen.

»Konzentrier dich!«, befehle ich mir.

Ich ziehe die Tasche wieder an mich, atme einmal tief ein mit geschlossenen Augen und versuche, die Panik zu verdrängen. Dann suche ich noch einmal mein Handy, wähle Ethans Nummer und warte fast verzweifelt darauf, dass er abnimmt.

»Nun mach schon«, schimpfe ich ungeduldig.

»Was soll ich machen?«

»Gott sei Dank! Geh nicht ins Haus!«, kommandiere ich hastig.

»Ich steh direkt davor, den Schlüssel schon im Schloss«, entgegnet Ethan und ich kann das Bild geradezu vor mir sehen. Ethan, die Hand am Schlüssel und hinter der Tür zwei Köpfe, die in Richtung Tür zucken. Mein Herz springt hart gegen meinen Brustkorb.

»Geh nicht rein, McCraw steht im Haus und unterhält sich mit ... jemand.«

»Mit jemand?«, will er wissen und ich höre ein breites Grinsen in seiner Stimme.

»Dem Besitzer der Bar, okay«, krache ich ihm zornig entgegen.

»Also gut. Wenn was ist, ruf an. Sofort, hörst du mich?« Ethan legt auf und ich atme erleichtert aus. Das war verdammt knapp. Das hätte so schrecklich in die Hose gehen können und das nur, weil ich unbedingt hierher fliehen musste. Was, wenn ich Ethan nicht rechtzeitig erreicht hätte? Dann wäre er ihnen direkt in die Arme gelaufen.

O Gott, ich hab mit einem Verbrecher geschlafen! Aber nein, wer weiß. Vielleicht ist Andrew das gar nicht. Vielleicht ist Ronny einfach nur ein Gast der Bar. Oder Ronny erpresst Schutzgeld von Andrew. Genau, und seine Pläne für morgen beinhalten, die Bar zu Kleinholz zu verarbeiten, weil Andrew nicht zahlen will oder kann. Wirkte Andrew nicht etwas angespannt?

Ich reibe mir die Schläfen. Mein Körper zittert noch immer. Und noch immer sitze ich auf dem Dielenboden im Flur. Ich lasse die Tasche einfach liegen und rapple mich schwerfällig auf, um in die Küche zu gehen. In irgendeinem Schrank steht bestimmt noch Bourbon oder Whisky. Dana hat immer einen Schluck gehabt. Und ich brauche jetzt einen Schluck. Einen großen, der brennend und heiß meine Kehle runter rinnt.

Meine Finger zittern auch noch, als ich den letzten Schluck Whisky aus meinem Glas leere. Ich stelle das Glas auf den Wohnzimmertisch und überlege, Logan anzurufen. Ich möchte gerne mit ihm reden.

Einfach nur seine Stimme hören, aber ich schlucke dieses Bedürfnis mit dem Geschmack von Whisky in meinem Mund herunter. Ich kann Logan nicht einfach anrufen und so tun, als wäre nichts geschehen. Es ist zu viel geschehen. Ich habe geglaubt, er würde mit einer anderen schlafen, habe ihm eine Szene gemacht und geschworen, jetzt auch ein Callgirl zu werden, bin irrtümlich zu einem Callgirl geworden und habe eigentlich das getan, was ich ihm vorgeworfen habe. Vielleicht interessiert es ihn nicht einmal. Aber mich interessiert es. Ich habe ein schlechtes Gefühl in der Brust, das ich nicht ablegen kann. Und ich bereue so tief und voll Angst wie noch nie in meinem Leben.

Ein Geräusch an der Tür reißt mich vom Sofa. Erschrocken sehe ich mich nach einem Versteck um. Dann höre ich den Schlüssel im Schloss und Ethans Stimme, die leise meinen Namen ruft. Eilig laufe ich in den Flur. Ethan wirft mir einen scharfen Blick zu. »Pack deine Sachen, wir verschwinden!«

»Was? Wohin?«, will ich erschrocken wissen.

»Ins *Destiny*. Wir sind hier nicht sicher. Und nein, kein Widerspruch.«

»Aber was ist denn passiert?«

»Dieser Kerl, der dich für ein Callgirl gehalten hat, der lag nicht absichtlich falsch. Die Frauen, die sich in dieser Bar rumtreiben, sind alle Callgirls. Das ist ein Callgirlring da unten.«

Ich keuche auf. »Verdammt, deswegen dachte er, ich ...«

»Genau. Und wenn Ronny hier ein und aus geht, gehört er da irgendwie rein.«

»Aber Andrew hat gesagt, ihm gehört die Bar.« Ich reiße die Augen auf und schnappe hektisch nach Luft. »Wenn es seine Bar ist, wusste er, dass ich keins der Mädchen bin. Ihm muss klar gewesen sein, dass ich mich nur verlaufen habe und keine Ahnung hatte, was mit dieser bescheuerten Bar nicht stimmt«, fluche ich. »Er hat mich reingelegt.«

»Schätzchen, können wir das später besprechen? Wir müssen hier weg. Logan wird mich für jede Sekunde, die wir länger als nötig hier verbringen, ein Mal umbringen.«

Mit einem Knoten im Magen sehe ich Ethan an. Ich weiß, er hat recht. Wir müssen hier weg. Unmöglich können wir irgendwo bleiben, wo Ronny McCraw ein und aus geht. Die Sache mit Andrew ist passiert und es war auch mein Fehler. Er hat die Situation nur ausgenutzt.

Ich muss darüber hinwegkommen und mich auf das konzentrieren, was jetzt passiert. Und jetzt werde ich mich Logan stellen müssen. Ich kann nicht länger vor ihm weglaufen. Mit sehr gemischten Gefühlen wende ich mich meinem Schlafzimmer zu, das eigentlich nie richtig die Chance hatte, mein Schlafzimmer zu werden. Ich freue mich, es wieder verlassen zu können und damit vielleicht die verschwommenen Erinnerungen an diese eine Nacht auslöschen zu können. Aber ich habe auch Angst vor der unausweichlichen Begegnung mit Logan.

7. Kapitel

Destiny

Die Wohnungstür wird aufgerissen, als ich dabei bin, meine Unterwäsche aus der Kommode in meinen Koffer zu räumen. Gerade eben bin ich wütend auf alles und jeden. Schon wieder muss ich meine Koffer packen. Langsam komme ich mir vor wie ein Rockstar auf Tournee. Am besten, ich lasse gleich all meine Sachen in den Koffern. Wer weiß, wann ich das nächste Mal wieder umziehen muss. Aber eigentlich bin ich gar nicht deswegen wütend, sondern wegen Ethan, der Logan angerufen hat. Und der hat nichts anderes zu tun, als mir die Chance zu nehmen, mich emotional und geistig auf das Wiedersehen mit ihm vorzubereiten, stattdessen stürmt er in diesem Moment wie ein Berserker in die Wohnung und brüllt Befehle.

»Hast du deinen Kram gepackt?« Er kommt ins Schlafzimmer, wo ich eilig den Koffer verschließe, damit er nicht meine Unterwäsche sehen kann, die er eigentlich ja schon kennt. Und viel intimere Dinge von mir auch. Er tritt, ohne mich eines Blickes zu würdigen, an das Fenster und sieht auf die Straße.

Heimlich sehe ich auf und mustere seinen Rücken, die Muskeln, die sich unter dem schwarzen Stoff seines Shirts bewegen, die breiten Schultern und den knackigen Arsch in dieser wundervoll ausgefüllten Jeans. Ich wünsche mir so sehr, ihn wieder berühren zu dürfen. Seine heiße, von Sex verschwitzte, Haut unter meinen Fingern zu spüren. Seine Lippen, die meinen Körper erkunden. All diese Dinge fehlen mir plötzlich mehr, als mir bewusst gewesen ist. In diesem Augenblick hasse ich alles noch mehr. Ganz besonders Ronny, denn er ist schuld daran, dass ich Logan nicht länger aus dem Weg gehen kann. Dass ich mich nicht weiter hinter meinen Schuldgefühlen verstecken kann. Schuld, die ich wahrscheinlich gar nicht empfinden sollte, denn war es nicht Logan, der gesagt hatte, dass die Sache zwischen uns nichts zu bedeuten hat?

»Verdammt, dieses Arschloch scheint sich köstlich über uns zu amüsieren.«

»Warum?«, frage ich knurrend nach.

»Dem polier ich die Fresse«, kommt es zur Antwort, bevor Logan wieder aus der Tür stürmt und die Wohnung verlässt. Sekunden später ist er noch wütender zurück. »Bist du so weit?«

Ethan taucht hinter ihm auf, seinen Seesack über der Schulter. »Hauen wir hier ab.«

Logan brummt, kommt näher und beugt sich an mir vorbei, um nach meinen Koffern zu greifen. Sein Duft trifft mich unerwartet. Ich schließe die Augen und atme tief ein. Ich kann gerade so ein Seufzen unterdrücken.

»Du hast zu deiner Mutter gesagt, das zwischen uns wäre nicht ernst. Es war nur Sex, mehr nicht.«

Er erstarrt in der Bewegung, sein Blick streift kurz meinen, dann sieht er an mir vorbei zur Schlafzimmertür, als wolle er vor mir flüchten. »Tut mir leid, dass du das gehört hast. Und ja, das habe ich gesagt.«

Innerlich schreie ich auf, äußerlich versuche ich, mir nichts anmerken zu lassen. Hatte ich wirklich die ganze Zeit ein schlechtes Gewissen? Warum? Es hat ihn vor mir nicht gestört, wenn die Frauen, mit denen er geschlafen hat, mit anderen Männern im Bett waren. Warum hätte es ihn bei mir stören sollen? Ich war und bin bedeutungslos für ihn.

»Na dann ist ja gut«, keife ich und zerre meinen Koffer selbst vom Bett. »Ich fahre mit Ethan«, setze ich Logan in Kenntnis und stürme aus der Wohnung, der Koffer kippt hinter mir zur Seite, aber ich beachte ihn gar nicht und zerre ihn unbarmherzig weiter.

»Warte!«, brüllt Logan hinter mir. Ich höre ihn polternd die Stufen runterkommen. Er holt mich ein, bevor ich das Haus unten verlasse, und packt mich am Oberarm. »Du legst es darauf an, oder?«

»Auf was lege ich es an?«

»Dass er dich erwischt! Bring dich noch einmal so in Gefahr und du lernst mich kennen.«

Ich reiße mich von ihm los, schiele um Logan herum zum Eingang der Bar und ziehe provozierend die Augenbrauen hoch. »Welche Gefahr? Und was interessiert dich das?«

Logan schüttelt den Kopf. Ich kann die Wut, die er empfindet, regelrecht spüren. Sie dringt heiß aus seinen Poren und lässt mich erschauern. Er wirkt in diesem Augenblick gefährlicher als jeder Mafiaboss auf diesem Planeten. Und diese geballte Gefahr lässt mich zitternd einatmen. Ich will ihm meine Arme um den Nacken schlingen und ihn überall am Körper spüren. Logan sieht sich auf der Straße um, nimmt meinen Koffer und geht auf Ethan zu, der mit verkniffenem Gesicht einen der beiden SUVs mustert, die in zweiter Reihe vor dem Haus stehen.

»Was ist passiert?«, will ich wissen.

»Ein Arschloch ist passiert«, brummt Logan. Ich bleibe neben ihm stehen und weiß nicht, ob ich lachen oder fluchen soll, aber auf der Fahrerseite von Logans Wagen ist ein übergroßer Penis in den schwarzen Lack gekratzt. Ich muss mir auf die Zunge beißen, um nicht loszulachen. Aber ich kann mir einen Kommentar auch nicht verkneifen.

»Sieh es so, deiner ist vielleicht nicht so groß, aber ... Nun ja, er ist nicht so groß.«

»Du musst es ja wissen«, wirft Ethan grinsend ein. »Du fährst bei mir mit?«, fragt er mich.

»Aber ganz sicher«, sage ich grinsend und zeige auf den Penis. »Das wäre mir zu peinlich.«

* * *

Ivy kommt mir schon auf der Auffahrt aufgeregt entgegen. Sie schnappt sich einen der beiden Koffer und meine freie Hand und läuft mit mir auf das *Destiny* zu. »Ich bin ja so froh, dass du wieder da bist.«

»Und ich bin mir noch nicht sicher, ob ich froh sein sollte«, entgegne ich.

Ivy bleibt stehen und sieht mich mit gerunzelter Stirn an. »Warum solltest du nicht froh sein?«

»Lass uns später darüber reden«, sage ich und verdrehe genervt die Augen.

»Okay, aber erklär mir bitte gleich, warum da ein Penis auf Logans Auto ist. Sieht er deswegen aus, als wäre er der Teufel in Person?«

Ich sehe vorsichtig zur Seite, wo Logan gerade auf uns zuhält, die Lippen fest aufeinander gepresst und mit einer Miene, die nichts Gutes bedeutet. »Die Grußkarte ist von McCraw und die Laune hat er wohl wegen mir.«

Ivy kichert hinter vorgehaltener Hand, als Logan an uns vorbeigeht, ohne uns weiter zu beachten.

Ich folge Ivy in das Haus. Ein paar der Mädchen stehen grinsend im Eingangsbereich und beobachten neugierig das Geschehen. Polternd ziehe ich meinen Koffer hinter mir die Treppe hoch, auch Ivy müht sich mit dem anderen nicht sonderlich ab. Sie läuft vor mir und sieht glücklich aus, richtig zufrieden. Ich bewundere immer wieder, mit welcher Kraft sie sich aufrecht hält, nach all dem, was sie erlebt hat. Aber die anderen hier im Haus schaffen das ja auch, nur sieht man ihnen die Strapazen, die das Leben ihnen auferlegt hat, an. Ivy strahlt so sehr von außen, dass man die Risse in ihrem Inneren nur sehen kann, wenn man sie gut kennt.

Der vertraute blumige Duft des *Destiny* liegt wie eine Frühlingsbrise in der Luft. Dieser Geruch gibt mir immer das Gefühl, zu Hause angekommen zu sein. Heute weiß ich noch nicht, ob ich mich wie Zuhause fühle. Zu viel hat sich verändert, zu viel ist geschehen.

Ich sehe mich nicht um, bevor ich Ivy in mein Zimmer folge. Ich will nicht zurückblicken und Logan dabei ertappen, wie er mich mit kalten oder zornigen Blicken bedenkt. Aber ich kann seinen Blick in meinem Rücken spüren. Er löst ein unangenehmes Frösteln aus und zugleich erwachen Schmetterlinge in meinem Magen. Es fühlt sich an, als wäre in mir eine wild herumschwirrende Energie, so nervös bin ich, weil er in meiner Nähe ist und noch immer ungeklärte Dinge zwischen uns stehen, von denen ich mir wünsche, sie wären nie geschehen und wir könnten einfach dort weitermachen, wo wir aufgehört haben. Aber ich war es, die die Dinge verkompliziert hat und ich bin es, die sie wieder hinbiegen muss. Wenn Logan das überhaupt möchte.

Ich habe versucht mit ihm zu reden. Vorhin im Schlafzimmer von Danas - meiner - Wohnung. Aber er ist nicht darauf eingegangen und das macht mir Angst. Ich glaube, er weiß nicht einmal, was ich ihm sagen wollte, dass alles nicht nur meine Schuld ist. Wie soll er denn dann wissen, was ich gerne hören wollte? Dass er wütend auf mich ist und enttäuscht, weil ich mich auf einen anderen Mann eingelassen habe. Wenn er das gesagt hätte, dann hätte ich gewusst, dass ich diesen Kampf nicht umsonst ausfechte. Aber nichts davon kam über seine Lippen.

Ich lasse die Koffer einfach stehen, wo sie stehen, mitten im Zimmer.

»Ich habe gehört, du bist jetzt eine von uns?« Ivy grinst breit und zupft an ihren Haaren herum.

Ich sehe sie mit Herzrasen an. »Weiß Adrienne davon?«

»Nein, wir sind doch nicht lebensmüde, das behalten wir schön für uns.«

»Wie nett«, sage ich schnippisch. Ivy grinst und lässt ihre Haare los.

»Du hättest Logan sehen sollen. Erst verschwindest du einfach, da war er nur durch den Wind. Dann ist er immer brummiger geworden und dann war Ethan da und hat von deinem Berufswechsel erzählt, weil er sich Sorgen macht. Er hat Logan angeschrien, dass er das gefälligst regeln soll, bevor du noch völlig den Verstand verlierst. Und Logan hat gekocht und ihm gesagt, dass Ethan das nichts angeht und ihn das auch nichts angeht, was du tust. Trotzdem hat er getobt und den halben Whiskyvorrat geleert.«

Ich sehe sie grinsend an. »Das hat er?«

»Und wie. Ich glaube ja, er hat Samenstau.«

»Ach was«, winke ich ab. »Er guckt mich nicht mal an und außerdem hat er gesagt, da wäre nur Sex.«

Ivy zuckt mit den Schultern, dann legt sie sich zurück und starrt an die Decke. »Ich hätte mit dir kommen sollen.« Ich lasse mich schweigend neben sie sinken und sehe sie fragend an. »Ich denke, es wird Zeit, die Arche zu verlassen. Du weißt schon: Schritt für Schritt in ein normales Leben. Ich kann mich nicht für immer hier verstecken. Ich muss versuchen, ein Leben zu führen wie jeder andere auch.«

»Aber du führst ein normales Leben. Und vor ein paar Tagen hast du dich noch nicht bereit gefühlt.«

»Nein, das hier ist eine Traumwelt. Eine Blase, in die ich mich zurückgezogen habe, um nicht mit dem klar kommen zu müssen, was sich außerhalb dieser Blase befindet. Ich muss lernen, da draußen zurechtzukommen. Die alltäglichen Dinge wie Einkaufen, Ausgehen, vielleicht mal ins Kino.«

»Und wieso willst du das alles jetzt tun? Versteh mich nicht falsch, ich bin stolz auf dich, aber ich weiß auch, was für eine Angst dir die Welt da draußen macht.« Auf keinen Fall will ich Ivy davon abhalten, den Mut zu finden, sich dem Leben wieder zu stellen, aber dieser Wandel kommt so unerwartet. Noch vor wenigen Tagen hatte sie Panik in den Augen, als ich sie gefragt habe, ob sie mit mir kommen möchte. Sie soll es selbst wollen und sich dafür bereit fühlen und irgendwie glaube ich, dass dieser plötzliche Gesinnungswandel nicht von ihr kommt.

»Eine Freundin von mir hat mich auf Facebook angeschrieben. Sie war früher mit mir zusammen ... du weißt schon. Jedenfalls, sie hat es geschafft. Sie hat geheiratet und einen kleinen Sohn. Ich will das auch irgendwann haben dürfen.« Ich nicke verständnisvoll und greife nach ihrer Hand. Facebook ist der einzige Zugang zur Außenwelt, den Ivy sich gestattet. Sie kann an der Welt dort draußen teilhaben und das von ihrer sicheren Zone im *Destiny* aus.

»Ich verstehe, aber du solltest dich durch andere nicht gezwungen oder gedrängt fühlen. Die Dinge müssen aus dir kommen, sonst funktioniert das nicht.«

Sie grinst und nickt heftig. »Ich weiß, deswegen habe ich auch darüber nachgedacht. Für den Anfang könnten wir beide zusammenziehen. Dann hätte ich immer noch dich.«

»Das könnten wir«, werfe ich ein und stoße aufmunternd mit meiner Schulter gegen ihre. »Aber unter Danas Wohnung geht die Mafia ein und aus.«

Ivy lässt die Schultern sinken, dann springt sie mit weit aufgerissenen Augen auf. »Aber du könntest die Wohnung ja verkaufen und von dem Geld eine andere kaufen.«

Sie sieht so zuversichtlich und begeistert aus, dass ich ihr das unmöglich abschlagen kann. »Wenn wir diesen McCraw los sind, dann sofort.«

»Versprochen?«

»Versprochen.«

Sie springt und klatscht in die Hände. »Ich habe es vermisst, einfach so mit dir zu Quatschen, hier in deinem Zimmer. Schön, dass du wieder da bist. Vergiss nicht, immer pünktlich beim Essen zu sein.«

»Das von heute hab ich um ein paar Stunden verpasst.«

»Ja, aber du bist hier. Das ist doch schon was. Und morgen gibt es wieder ein Essen.«

8. Kapitel

Destiny

»Ich fühle mich langsam wie eine Gefangene«, wirft Liv in die Diskussion über die Situation ein, in der wir alle uns befinden. Sie schiebt sich einen Bissen vom Hackbraten in den Mund und kaut nachdenklich.

Früher gab es selten Gespräche beim Essen im *Destiny*, die ernste Themen zugrunde liegen hatten. Es war eine ungeschriebene Regel, dass wir in dieser einen Stunde am Tag alle Sorgen und Probleme vor der Tür ließen. Egal wie schlimm es wurde, unser gemeinsames Essen war die Zeit am Tag, in der es nur den Moment gab, in dem wir alle zusammensaßen. Aber es gibt eben Dinge, die kann man auf Dauer nicht fernhalten. Und ein Damoklesschwert dieser Größe gehört dazu.

Heute Morgen stand die Polizei vor unserer Tür. Und die Polizei bedeutet selten Gutes. Manchmal klingelt sie, um meiner Mutter eine Frau vorbeizubringen, die ein paar Tage Zuflucht braucht, bis sie etwas anderes für sie gefunden haben. Manchmal suchen sie eine Frau, die sie bei uns vermuten. Heute kamen sie nicht wegen einer Frau. Aber sie haben die Bedrohung, die über uns schwebt wie eine düstere Wolkenwand, kurz bevor ein bedrohlicher Sturm ausbricht, endlich erkannt. Dazu hat eine entstellte und gefolterte Frau nicht gereicht, denn in Glasgow werden andauernd Prostituierte vergewaltigt und wie Abfall entsorgt.

Aber ein Wohnungsbrand in einer guten Gegend, mitten in einem Shoppingviertel, hat sie endlich aufwachen lassen. Und ich kann es noch immer nicht glauben, aber alles ist einfach weg. Hat sich in Rauch aufgelöst, im wahrsten Sinne des Wortes. Nichts von Dana ist uns geblieben. Und die ganze Zeit stellt sich mir die Frage, hat es mich treffen sollen? Oder hat der Brandstifter gewusst, dass ich nicht mehr in der Wohnung bin? Wenn es mich treffen sollte, heißt das, dass mein eigener Vater dazu in der Lage wäre, seine Tochter umzubringen.

Tief in mir drin habe ich es geahnt, aber dass es wirklich wahr sein könnte, daran habe ich nicht geglaubt. Und obwohl ich nicht einmal für eine Sekunde akzeptiert habe, dass dieser Mann mein Vater ist - niemals könnte ich in ihm meinen Vater sehen - fühle ich mich bei der Vorstellung, dass er dazu in der Lage wäre, sein eigenes Kind umzubringen, wie betäubt, denn ich trage seine Gene in mir. Bin ich dann auch zu solchen Grausamkeiten in der Lage?

Ich versuche nicht darüber nachzudenken, aber die Wut über den Verlust, alles verloren zu haben, was mir noch von Dana geblieben war, macht es mir unmöglich, nicht auch daran zu denken, dass ich wahrscheinlich nur knapp dem Tod entronnen bin. Und ich fühle mich wie erstarrt, weil da nichts ist, was uns retten kann. Selbst mit der Polizei im Rücken gibt es keine Möglichkeit, Ronny McCraw zu stoppen, weil niemand weiß, wo er sich aufhält.

Und niemand ihm etwas nachweisen kann. Und jeder, der ihn belasten könnte, hat so große Angst vor diesem Mann, dass er lieber schweigt und den Tod weiterer Opfer in Kauf nimmt. Aber ich habe Hoffnung. Und diese Hoffnung sitzt mir direkt gegenüber und sieht mich ungerührt an. Logan hat es geschafft, die Polizei dazu zu bewegen, mit ihm zusammenzuarbeiten. Das gibt ihm das Recht, auch auf offiziellem Weg gegen McCraw und seine Männer vorzugehen. Zumindest weitestgehend, denn Logan vermutet, dass ein paar Leute bei der Polizei für Ronny arbeiten.

»Und ich habe das Gefühl, sie haben Dana mit ihren dreckigen Pfoten beschmutzt«, wirft Belle ein.

Ein paar der Mädchen nicken zustimmend. Ich reibe mir über die Oberarme, weil ich genauso empfinde und sich Belles Worte wie Frost über meinen Körper ziehen.

»Lasst uns über etwas anderes reden«, wirft Ivy ernst ein. »Seit wann unterhalten wir uns über so traurige Sachen beim Essen?«

»Über was willst du denn reden?«, will Liv wissen und sieht Ivy zornig an. Wahrscheinlich hat sie Ivy falsch verstanden und denkt, ihr wäre Dana nicht wichtig genug gewesen.

Aber es ist eher umgekehrt. Dana war Ivy sogar sehr wichtig. Über die abgebrannte Wohnung und die verlorenen Erinnerungen zu reden, kratzt an Ivys sorgfältig aufgebauter Schutzbarriere, die verhindern soll, dass irgendetwas, mit dem sie nicht klar kommt, zu ihr durchdringen kann und sie eine Panikattacke erleidet, weil sie nicht dazu in der

Lage ist, die dann aufkeimenden Ängste in den Griff zu bekommen.

»Lass gut sein, Liv«, warnt Adrienne mit zusammengekniffenen Augen. »Es ist wirklich besser, wir lassen das alles nicht zu sehr an uns ran, sonst zermürbt uns das und bringt Uneinigkeit über uns. Und genau das will Ronny. Er will, dass eine von euch aus der Reihe tanzt, weil sie den Druck nicht mehr erträgt.«

»Also«, sagt Ivy und rutscht nervös auf ihrem Stuhl herum und ihre babyblauen Augen leuchten. »Hope und ich werden zusammenziehen. Das haben wir heute beschlossen.«

Ein paar der Mädchen sehen Ivy mit aufgeklappten Mündern und großen Augen an. Keine von ihnen kann glauben, dass Ivy wirklich ihre Burg verlassen will. Das kann ich ihnen gut nachempfinden. Meine Mutter sieht nicht Ivy an, sondern mich. Und ihr Blick ist nicht überrascht, sondern eher fragend und traurig.

Ich weiche ihrem Blick aus und meine Augen treffen auf Logans ausdrucksloses Gesicht. Langsam macht mich seine abweisende Haltung wirklich, wirklich wütend. Am liebsten würde ich ihn anschreien und fragen, was eigentlich sein Problem ist. Aber das weiß ich natürlich längst. Trotzdem tut es mir auch weh, dass er mich zwar ansieht, aber eigentlich durch mich hindurchsieht, während ich mich schmerzhaft danach verzehre, dass wie von Zauberhand alles wieder gut wird und er einfach vom Tisch aufsteht, zu mir rüber kommt und mich in die nächstbeste Ecke drängt, um mich gegen die Wand zu vögeln.

»Und wir haben Wetten abgeschlossen, dass Hope mit ganz jemand anders eine WG gründet«, sagt Susi kichernd und betont WG mit einer Zweideutigkeit, die nicht offen lässt, an was für eine Art WG sie denkt. Ich sehe kurz zu Logan, der unbeteiligt seinen Whisky im Glas schwenkt, als hätte er nicht verstanden, wovon Susi eben gesprochen hat. Aber damit wäre er der Einzige und deswegen bin ich mir sicher, dass er es sehr wohl verstanden hat.

»Nun, das wird eine Frauen-WG«, sage ich betont scharf.

»Ein Mann im Haus kann hilfreich sein«, wirft Kate ein und kaut auf ihrem hellbraunen Haar herum. Kate kaut immer auf einer Strähne ihrer Haare herum. Das tut sie, seit sie vor ein paar Jahren mit dem Rauchen aufgehört hat. Die Spitzen ihrer Haare sind davon immer ganz splissig, egal wie oft sie sie schneiden lässt. Sie kann diese Angewohnheit einfach nicht ablegen.

»O ja, er kann eure Löcher bohren.« Belle schüttelt sich vor Lachen. Sie sagt es so, dass ich gut zwischen den Zeilen lesen kann.

»Mit etwas Glück kann Frau das sehr gut alleine.« Ich entgegne das mit dem gleichen doppeldeutigen Tonfall, den sie benutzt hat.

»Ich habe von Löchern in den Wänden gesprochen«, meint sie grinsend.

»Ich auch.«

»Du kannst doch nicht mal eine Bohrmaschine halten«, sagt Liv und wackelt wissend mit den

Augenbrauen. Handwerklich begabt bin ich wirklich nicht, aber wir sprechen ja auch nicht von Handwerksarbeiten, sondern von Logan und mir und dem Wunsch meiner Freundinnen, dass ich lieber eine WG mit ihm gründen sollte.

»Vielleicht kann ich euch noch überraschen«, sage ich bestimmt, ohne selbst zu wissen, was ich damit eigentlich sagen will. Aber meine Mutter weiß es wohl, denn sie steht neben mir von ihrem Stuhl auf und schaut auf mich runter.

»Können wir in meinem Büro reden?«, will sie wissen und lächelt. Sie will wohl genauso sehr wie ich diesen Dialog beenden, da er zu nichts führt, außer zu Peinlichkeiten für Logan und mich. Und ich fühle mich den Neckereien meiner Freundinnen noch nicht gewachsen.

Es ist noch zu früh, um über das zu lachen, was zwischen Logan und mir schief gelaufen ist oder eben nicht. Ich nicke, werfe Logan einen kurzen Blick zu, der mich mit diesem teuflischen Grinsen bedenkt, das mir immer bis direkt zwischen meine Beine schießt. Mit einem verwirrten Kopfschütteln folge ich meiner Mutter. Und da ist wieder dieses Kribbeln in meinem Rücken, das heiß und kalt zugleich ist und wohlige Schauer in meinen Tiefen auslöst. Hach Logan, seufze ich in Gedanken. Du fehlst mir so sehr.

Adrienne setzt sich auf das Sofa in ihrem Wohnzimmer und klopft neben sich. Sie setzt ihre Brille auf, nimmt sie wieder ab, zieht ein Taschentuch aus der Tasche ihrer schwarzen Marlene-Dietrich-Hose und putzt nachdenklich die Gläser. Dann setzt sie die Brille wieder auf und sieht mich an. Ich kneife als Reaktion auf ihren fast schon liebevollen Blick die Lippen fest zusammen. All die Dinge, die um sie herum und wegen ihr geschehen, scheinen sie zu ändern. Irgendetwas scheint in ihr vorzugehen, gibt ihr mehr Wärme und Verständnis, habe ich den Eindruck, denn ein solches Lächeln kenne ich nicht von ihr. Es scheint, als würden die Ereignisse sie aus ihrer Teilnahmslosigkeit reißen, weil sie sie zwingen, sich mit der Vergangenheit, die sie versucht zu verdrängen, zu befassen.

»Du willst also mit Ivy zusammenziehen?«

Vielleicht habe ich mich auch geirrt und die Belehrungen kommen jetzt nur etwas gefühlvoller. »Keine Sorge, erst, wenn das hier vorbei ist.«

»Ich mache mir keine Sorgen deswegen, nur ob Ivy bereit ist dafür.«

»Das habe ich mich auch gefragt, aber ich denke, wir sollten sie nicht zurückhalten, wenn sie vorwärtsgehen will. Sie ist seit zehn Jahren hier. Irgendwann muss der Heilungsprozess so weit fortgeschritten sein, dass sie sich selbst befreien kann.«

Adrienne nickt und mustert mich mit einem etwas Merkwürdigem im Blick, das ich nicht deuten kann. »Ich hab es nicht gemerkt, aber du bist erwachsen geworden.«

Ich zucke gleichgültig mit den Schultern. »Du konntest es nicht bemerken, weil du mich nicht bemerkt hast.«

»Ich weiß, ich habe die Verantwortung an Dana abgegeben, weil es mir schwer fiel zu vergessen. Und weil ich mich zu sehr abgeschottet habe, um nicht wieder in ein Loch zu stürzen. Aber Stürze und Löcher kann man nicht aufhalten. Sie holen dich ein«, sagt Adrienne. »Es war nicht richtig von mir, dir keine Mutter sein zu wollen.«

»Ich kam gut klar«, sage ich und kann den Zorn nicht verbergen. »Warum willst du ausgerechnet jetzt etwas daran ändern?« Mein Magen krampft schmerzhaft, weil alles in mir sich gegen diese Änderung sträubt.

Ich weiß nicht, wie ich damit umgehen soll, dass meine Mutter nicht mehr diese eiskalte, scheinbar gefühlsbefreite Frau ist. Diese andere Frau, mit der konnte ich umgehen. Sie konnte ich einschätzen. Aber diese Frau ist mir fremd, auch wenn etwas in mir sich immer gewünscht hat, dass Adrienne dazu in der Lage wäre, mich an sich heranzulassen. Ich habe akzeptiert, dass es nicht geschehen würde. Und jetzt scheint sie gewillt, es doch geschehen zu lassen.

»Weil mich die letzten Wochen gelehrt haben, egal wie sehr ich alles in mir abschalte, die Dinge kommen doch zu mir. Ich kann nicht vor ihnen fliehen.«

»Vielleicht kommt diese Einsicht zu spät für mich«, sage ich und stehe auf. »Lass mir Zeit, darüber nachzudenken.«

Hätte ich das nicht sagen sollen? Aber genau das ist es, was ich fühle. Ich kann nicht behaupten, dass ich vor Begeisterung Luftsprünge mache, weil Adrienne beschlossen hat, ihren Wall einzureißen. Im Moment wären das einfach zu viele Veränderungen für mich, wenn auch Adrienne jetzt noch neue Wege beschreitet. Es ist ja auch nicht so, dass sie nie für mich da war, als ich noch ein Kind war. Aber jeder Sekunde, die wir gemeinsam verbracht haben, hat immer die Wärme gefehlt, die Dana für mich hatte. Ich kann nicht einfach so tun, als wäre all das nicht geschehen und von einer Minute auf die andere eine jahrelange, auf emotionalem Abstand beruhende Beziehung in etwas völlig anderes verwandeln. Auch nicht, wenn ich mir genau diese Wärme seit Danas Tod manchmal wünsche.

Ich öffne die Tür und stoße fast mit Logan zusammen, der offensichtlich gerade zu Adrienne wollte. Er geht zwei Schritte rückwärts, um mir Platz zu machen. Ich halte ihm die Tür auf, aber er schüttelt stattdessen den Kopf, legt seine Hand auf meine, die noch immer auf dem Türgriff liegt, und zieht die Tür hinter mir zu. Dabei sieht er mir mit diesem intensiven Blick in die Augen, der einen Schwelbrand in meinem Inneren auslöst und meinen Magen tanzen lässt vor Nervosität.

9. Kapitel

Destiny

»Bewachst du mich jetzt schon?«, frage ich aufbrausend, noch immer verwirrt von dem, was gerade im Zimmer hinter mir passiert ist. Ganz offensichtlich wollte er nicht zu meiner Mutter, sonst wäre er doch reingegangen, und dass er das nicht getan hat, sondern noch immer hier draußen steht, kann doch nur bedeuten, dass er hier steht, um Wache zu schieben.

»Muss ich das denn?«, will er wissen und sieht mich herausfordernd an, eine Augenbraue hochgezogen, ein winziges Lächeln auf den Lippen.

Nervös lecke ich mir über die Unterlippe. Ich bekomme gerade nicht genug Luft. Seit ich zurück bin, sind wir zum ersten Mal allein. Es gibt keinen Puffer, der mich beschützen kann. Und diese Erkenntnis lässt mich ängstlich und verlangend zugleich erbeben. Eine gefährlich aufregende Mischung von Gefühlen, die sich da gerade durch meine Venen wühlt. Mein Herz rast viel zu schnell, weil er mir so nahe ist und ich nur daran denken kann, ihn zu berühren. Zu fühlen, ob seine nackte Haut sich unter meinen Fingern noch immer so wundervoll anfühlt.

»Musst du nicht, du hast mir doch schon einen Wachhund geschenkt und Ethan macht seinen Job wirklich hervorragend«, sage ich und bringe etwas mehr Abstand zwischen uns, bevor meine Hände sich noch selbstständig auf Erkundung begeben.

»Wenn du hier bist, bewache ich dich. Du neigst dazu, Regeln zu übergehen, und das nehme ich persönlich.« Er zieht einen Mundwinkel nach oben. Er versucht die Provokation hinter seinen Worten gar nicht zu verstecken. Eindeutig will er mir damit sagen, dass er besser aufpasst, dass ich nicht wieder weglaufe wie eine dumme Göre.

»Entschuldige«, sage ich möglichst trocken. »Die Nachricht muss an mir vorbeigegangen sein.« Ich verschränke die Arme vor meiner Brust und werfe meiner Zimmertür rechts von mir einen sehnsüchtigen Blick zu. Ich muss mich in Sicherheit bringen, weil ich sterbe, wenn ich ihn nicht berühren darf. Mich mit ihm weiter zu unterhalten, wäre reine Folter. Und Logan wirkt auf mich nicht, als würde er genauso empfinden wie ich. Er scheint völlig immun gegen mich zu sein. Aber das wusste ich ja schon. *Nur eine Abwechslung*, schießt es mir durch den Kopf.

Ich wende mich von ihm ab und steuere auf meine Zimmertür zu. Aber Logan geht einfach neben mir her. Er scheint entschlossen, mich nicht aus den Augen zu lassen. Er behandelt mich so, wie ich es verdient habe, weil ich einfach weggelaufen bin. Wie ich jetzt weiß, völlig ohne Grund. Aber das konnte ich doch nicht wissen!

»Du hast Eliza also für ein Callgirl gehalten? Für deine Nachfolgerin?«

Ich bleibe vor meiner Tür stehen und starre ihn wütend an. Fast wäre ich ihm entkommen, aber er ist fest entschlossen, mich weiter zu demütigen und den Finger tiefer in die Wunde zu stecken. Mir zu sagen, dass ich grundlos zum Callgirl geworden bin. Als wüsste ich das nicht selbst schon. »Du hast mir nie einen Grund gegeben, etwas anderes zu denken, als dass du mich bald entsorgst wie all die anderen vor mir.«

»Habe ich dir einen Grund gegeben, zu glauben, ich würde weitermachen wie bisher?«

Ich schnaube und schiebe mich auf meine Zimmertür zu, doch Logan ist schneller. Er legt die Hand auf den Türgriff und hindert mich daran, mich in mein Zimmer zu flüchten. Ich sehe den Gang hinunter, der verlassen im Dämmerlicht liegt. Ganz am Ende stehen Dimitri und Wesley Snipes und scheinen sich zu unterhalten. Die Mädchen sind in ihren Zimmern oder unten in der Bar, weil das *Destiny* noch immer geschlossen hat.

»Um genau zu sein, so etwas in der Art hast du deiner Mutter gegenüber erwähnt.«

»Du hast also ein fremdes Gespräch belauscht und deine eigenen Schlüsse gezogen?«

Ja, das hatte ich. Weil es offensichtlich war, dass er mit aller Kraft zu vermeiden versuchte, die Fehler zu begehen, von denen er glaubte, dass sein Vater sie begangen hatte. »Na, angeblich willst du ja keine Beziehungen, keine Gefühle, nur Spaß«, werfe ich ihm vor. »Und ich habe verzweifelt versucht, nichts für dich zu empfinden, aber als ich dich dann mit Eliza gesehen habe, da ... Ich weiß auch nicht. Ich wollte erst so unbedingt dem Bild gerecht werden, dass du von den für dich perfekten Frauen hattest.

Und dann wollte ich nur noch weg von dir, weil ich gemerkt habe, dass ich diesem Bild nie gerecht werden kann. Weil ich nicht so bin.«

Er sieht mit gerunzelter Stirn auf mich herab. »Deswegen hast du dich Bob angeboten, weil du dachtest, du wärst für mich nur als Callgirl von Interesse?« Er lacht auf und schüttelt den Kopf. »Das war am Anfang vielleicht so, und ja, ich hatte Angst vor dem, was da zwischen uns passierte. Solche Angst, dass ich versucht habe, mich und meine Mutter zu belügen. Ich weiß auch jetzt nicht, ob wir eine Beziehung haben werden. Du hast recht, ich bin nicht der Mann für Beziehungen. Dafür ist die Angst davor, dass eine Frau wegen mir verletzt wird, zu tief in mir verwurzelt. Sie hat sich verselbstständigt in eine Angst vor einer festen Beziehung. Ich kann das nicht einfach abschütteln, nur weil ich dich nicht aus meinem Kopf bekomme. Aber ich arbeite daran. Im Moment will ich nur dich, das weiß ich ganz sicher. Und dass da etwas ist, das ich nur als blinde Eifersucht bezeichnen kann. Der Rest muss sich ergeben.«

Seine Hände fahren durch seine Haare und er starrt auf den Boden vor seinen Füßen. »Ich war drauf und dran, die Bar unten zu Kleinholz zu verarbeiten, als ich von deinem Abstecher in die Prostitution gehört habe. Wie kamst du darauf, dass ich dich nur so will?« Er krallt die Finger in sein Haar, dann lässt er die Hände in seinen Hosentaschen verschwinden und sieht mich verunsichert an.

»Weil ich dachte, dass ich dich nur so haben kann. Weil es das ist, was du bisher wolltest. Ich dachte, wenn ich dich nur so haben kann ...«

Logan packt mich so unvermittelt an den Oberarmen und drückt mich gegen meine Zimmertür, dass mein Atem stockt und mein Hinterkopf leicht gegen das Holz stößt. Erschrocken sehe ich zu ihm auf. Mein Herz hämmert so wild in meiner Brust, dass ich den Widerhall im ganzen Körper spüren kann. Die Wut in Logans Augen sorgt auch nicht gerade dafür, dass es mir besser geht.

»Sag mir nicht, was ich will, das weiß ich besser als du«, knurrt er außer sich vor Wut. Seine Finger umschließen meine Oberarme so hart, dass es schon schmerzt. Ich will mich von dem Schmerz befreien, aber ich wage nicht, mich zu bewegen.

»Ach ja?«, frage ich mit zitternder Stimme. »Seit wann denn? Bisher habe ich nicht den Eindruck, dass du weißt, was du willst. Du fickst mich, ignorierst mich und dann fickst du mich wieder. Mir ist ganz schwindlig davon geworden und am Ende wusste ich einfach gar nichts mehr. Du hast nicht mit mir gesprochen, nicht über das, was da zwischen uns läuft. Und dann umarmst du auf offener Straße eine andere Frau. Was hätte ich schon denken sollen?« Ich lasse all meine Wut und die Frustration, die sich in mir aufgestaut haben, raus und das tue ich mit einer Ekstase, dass jeder Muskel in meinem Körper zittert und mein Gesicht glüht vor Anstrengung. Es fühlt sich einfach nur gut an, mich zu befreien und mit jedem Wort mehr zu wissen, dass nicht alles meine Fehler waren.

Logans Griff um meine Oberarme wird wieder fester und in seinem Blick lodert etwas auf. Sein Atem geht schneller und ich kann den Puls unter seiner Haut am Hals wild rasen sehen. »Du bist so sexy, wenn du in Fahrt bist. Ich will einen Exklusivvertrag.«

»Was? Wieso?«, keuche ich, weil ich nicht weiß, was er meint und sehe ihn verwirrt an, weil seine Stimmung sich so unerwartet geändert hat. Was ist hier gerade passiert?

»Weil ich dich so sehr will, dass ich alles dafür tun würde. Vielleicht hast du es noch nicht gemerkt, aber du machst aus mir ein nutzloses Wrack. Ich brauche dich.«

Ich blinzle und fühle mich völlig überrollt von seinen Worten. »Was beinhaltet dieser Vertrag?«

Er lächelt sein Teufelslächeln und zwischen meinen Schenkeln sammelt sich Feuchtigkeit. »Für dich gibt es nur mich, bis Ronny hinter Schloss und Riegel sitzt.«

»Und was ist mit dir?«

Er blinzelt mich verwundert an und lockert seinen Griff etwas. »Was soll mit mir sein?«

»Gilt dieser Vertrag in beide Richtungen oder darfst du vögeln, wen du willst?«

Er zögert, löst aber nicht seinen Blick von mir. Dieses Zögern schmerzt, denn es bestätigt eigentlich, dass ich nicht falsch lag. Es fällt ihm schwer, seine Freiheiten aufzugeben, nur noch Sex mit einer Frau zu haben. Die gefährliche Grenze zu überschreiten, weg vom geschäftlichen schnellen Fick hin zur Bindung an eine Frau, auch wenn diese

Bindung ein absehbares Ende haben wird. Nämlich den Tag, an dem Ronny McCraw im Knast landet. Aber vielleicht tut er das ja gar nicht so schnell. Und vielleicht hält das Logan davon ab, den Vertrag auch für sich anzuerkennen. Und je länger er zögert, desto tiefer frisst sich der Schmerz in mein Herz.

»Akzeptiert.«

Ich lächle ihn an und lege meine Hände erleichtert in seinen Nacken. Mein Puls droht mich in eine Ohnmacht zu treiben, so nervös, aufgeregt, erfreut, erregt bin ich. Und so panisch. Logan gehört vorerst mir allein. Zum ersten Mal, seit ich mich auf das Abenteuer Logan Davonport eingelassen habe, werde ich zumindest für kurze Zeit - oder längere - die Gewissheit haben, dass Logan ganz mir gehört. Ein kleiner Sieg für mich, vielleicht habe ich doch eine Chance, diese harte Nuss zu knacken.

»Und wie besiegeln wir unser Abkommen?«

»Das weiß ich ganz genau«, flüstert Logan, seine Lippen berühren dabei fast meine. In meinem Rücken gibt die Tür unerwartet nach und ich stolpere in mein Zimmer. Logan schlingt die Arme um meinen Körper und bewahrt mich vor einem Sturz. Mit einem Tritt knallt er die Tür hinter uns zu. Seine Augen glühen mit einer Leidenschaft, die meine Kehle austrocknet. Ich beiße mir nervös auf die Unterlippe. Logan läuft mit mir in den Armen vorwärts, bleibt zwischen Bett und Schrank stehen und sieht mich mit einem hungrigen Lächeln an. Er hebt eine Hand an meine Wange und befreit mit seinem Daumen meine Unterlippe von meinen Zähnen.

»Das Beißen überlässt du besser mir.«

Ich erschaudere, meine Knie werden ganz weich, und ich muss mich mit Gewalt darauf konzentrieren, nicht einzuknicken. Logans warmer Atem weht über mein Gesicht und auf einmal fühle ich mich schutzlos und klein in seiner Nähe. Zugleich brodelt eine enorme Hitze durch meinen Körper und ich kann nur daran denken, dass er mich endlich küssen soll. Aber Logan küsst mich nicht. Er greift nach dem Saum des weichen Wollpullovers, den ich mir heute angezogen habe, weil die Temperaturen in den letzten Tagen stark abgefallen sind und ich schnell friere. Im Moment habe ich allerdings keine Probleme mit Frost und Kälte. Mein Körper brennt wie ein Hochofen. Heiß genug, das ganze Zimmer zu erwärmen.

Logan streicht mit seinen rauen Händen die nackte Haut meiner Taille hinauf und schiebt den Pullover meinen Oberkörper hoch. Ich hebe meine Hände über den Kopf, mein Atem geht kurz und schnell. Logan zieht den Pullover über meinen Kopf, sieht mir in die Augen und lässt ihn auf den Boden neben uns fallen. Er legt eine Hand auf meine Brust, ohne den Blick von meinem Gesicht abzuwenden, tritt er näher an mich heran und legt endlich seine Lippen auf meinen Mund.

Er küsst mich langsam und zärtlich, kaum, dass seine Lippen meine berühren. Aber gerade diese Zärtlichkeit ist es, die mich frösteln lässt und ein Vibrieren in meinem Körper auslöst. Seine Zunge taucht in meinen Mund ein und ich stöhne leise, als ich ihn nach dieser langen Zeit endlich wieder schmecken darf. Der Kuss wird intensiver und ich klammere mich an seine Schultern, um dem Sturm der Gefühle nicht zu erliegen, die mein Innerstes fluten. Zärtlich streicht seine Hand über die Seide meines cremefarbenen BHs. Meine empfindliche Knospe reckt sich ihm entgegen und sehnt sich nach mehr Berührung. Ich seufze in sein Ohr, als seine Lippen über meinen Hals streichen und seine warme feuchte Zunge über meinen wild flatternden Puls leckt. Er saugt mein Ohrläppchen in seinen Mund und knabbert zärtlich daran, ich dränge verzweifelt meine pochende Mitte an seinen Unterleib und er kommt mir mit seiner Härte entgegen und atmet zischend ein. Vorsichtig drängt er mich noch etwas weiter rückwärts, löst seine Lippen von meinem Hals und sieht mit diesem teuflischen Grinsen über unsere Köpfe, wo eine Blumenampel von der Decke hängt.

»Was hast du vor?«, frage ich, als Logan um mich herum geht, um einen Stuhl aus der Ecke neben dem Kleiderschrank zu holen. Er stellt ihn unter die Blumenampel, nimmt sie ab und reicht sie mir. »Du hättest nur sagen brauchen, wenn dich etwas in meinem Zimmer stört, dann hätte ich es wahrscheinlich trotzdem nicht geändert«, sage ich sarkastisch und wundere mich über Logans Verhalten. Eben küsst er mich noch so wundervoll, dass ich glaube schon allein von der perfekten Arbeit seiner Lippen explodieren zu müssen und jetzt beschließt er einfach mal, umzudekorieren.

Er sieht zu mir herunter und sein Blick verändert sich innerhalb eines Wimpernschlags. Da liegt Hitze in seinem Gesicht, aber auch etwas Raues, Wildes und Durchdringendes. Mein Herz klopft nervös und ich mache einen unsicheren Schritt rückwärts. »Nimm die Blume«, sagt er mit Befehlston und reicht mir die Ampel. »Stell sie ab und dann bring mir einen hübschen weichen Schal. Du besitzt doch einen Schal?«

Ich sehe flüchtig zum Kleiderschrank, in dem wohl noch ein Schal von mir liegen sollte und nicke.

»Also dann«, sagt er auffordernd und kommt mit der Ampel noch näher. Ich greife mit gerunzelter Stirn danach, stelle sie neben dem Bett auf dem Boden ab und gehe zum Schrank, um nach einem Schal zu suchen. Als ich einen grauen, weichen Schal gefunden habe, zeige ich ihn Logan unschlüssig, der mir mit zuckenden Fingern ungeduldig deutet, ihm den Schal zu bringen. Ich reiche ihm den Schal nach oben und schon grinst er wieder breit, schnappt sich den Schal und meine Hand gleich noch dazu. »Die andere will ich auch«, befiehlt er knapp.

»Oh«, mache ich.

»Genau«, flüstert er und sieht mich ermahnend an, weil ich ihm meine andere Hand noch immer nicht gegeben habe. »Muss ich erst runter kommen und sie mir holen?«, will er bedrohlich wissen. Ich schüttle mit dem Kopf und gebe ihm meine Hand freiwillig. In meinem Unterleib zieht es angenehm und Vorfreude zuckt zwischen meinen Beinen, aber ich zeige Logan nicht, dass mich seine Pläne erregen. Die Vorstellung allein, mich von ihm an die Decke fesseln zu lassen, lässt meinen Körper zittern vor Erregung.

Logan wickelt den Schal um meine Handgelenke, gerade so straff, dass ich mich nicht losreißen kann, dass es mir aber auch keine Schmerzen oder Probleme verursacht. Die Enden des Schals verknotet er im Haken an der Decke, nicht zu straff, nur so, dass ich mich nicht zu sehr strecken muss und ich noch bequem breitbeinig stehen kann.

Ihn dabei zu beobachten, wie er mich vorbereitet, für das, was er mit mir vorhat, ist sehr erotisch. Meine Gefühle pendeln zwischen Aufregung und Nervosität hin und her, und das schürt das Feuer in meinem Inneren noch mehr. Ich kann mir ein Grinsen nicht verkneifen, als Logan vom Stuhl springt, ihn wieder wegstellt und dann zu mir kommt. Er legt seine Arme um mich und umhüllt mich mit seinem starken, warmen Körper. Seine Hände streicheln über meinen Rücken. Er löst meinen trägerlosen BH, tritt einen Schritt zurück, hebt den BH vor sein Gesicht und drückt seine Nase in den Stoff.

»Ich habe vermisst, wie du duftest. Natürlich, nicht überdeckt von künstlichen Gerüchen.« Er lässt den BH fallen, kommt wieder näher und legt beide Hände an mein Gesicht, um mich hart und schnell zu küssen. Seine Zähne nagen an meiner Unterlippe, die er in seinen heißen Mund gesaugt hat. Seine Zunge tanzt um meine und sein Atem geht immer schneller. »Du bist mir ausgeliefert«, sagt er. »Wie fühlt sich das an?«

»Wie es sich so anfühlt, ganz und gar dir zu gehören«, flüstere ich heiser und erschauere bei meinen eigenen Worten. »Es macht mich unglaublich heiß.«

Er lächelt zufrieden, kommt näher, streicht mit seiner Nase über meinen Hals, knabbert an meiner Kehle und an meinem Schlüsselbein. Er küsst einen feurigen Pfad zu meinen Brüsten und lässt mich laut aufkeuchen, als er eine Brustwarze in seine Mundhöhle saugt. Mein Körper schaukelt an dem Haken sanft hin und her. Logan lässt seine Zunge um meine harte Knospe kreisen, saugt sie wieder in seinen Mund und schickt Blitze durch meinen Körper, die ein heftiges Zucken zwischen meinen Schenkeln entfachen.

Eine Hand legt er auf meine freie Brust, die andere streichelt zärtlich meinen Rücken hinunter, am Bund meiner Jeans entlang und öffnet sie. Seine Finger schieben sich langsam in mein Höschen und finden meine Klitoris. Ich zucke unwillkürlich zurück, als er mich an dem Punkt berührt, der so aufgeladen und empfindlich ist, dann dränge ich mich sehnsüchtig wieder seiner Hand entgegen.

»Mehr«, verlange ich stöhnend und verziehe enttäuscht den Mund, als er seine Hand gleich darauf wieder aus meiner Hose nimmt und damit weg von dem Punkt, der ihn gerade am nötigsten braucht.

Logan löst seinen Mund von meiner Brust und sieht mit feurigem Blick zu mir auf. »Bevor wir zum eigentlichen Spaß kommen ...«, sagt er, schiebt meine Jeans mitsamt Höschen über meine Hüften nach unten und streift sie von meinem Körper. Mit einem Kick transportiert er meine Kleidung aus dem Weg und sieht mich wieder an, »... wäre da noch deine Bestrafung, die aussteht.«

Ich reiße die Augen auf. »Meine Bestrafung?«, keuche ich tonlos.

»Wir sind uns doch einig, dass du ein paar Fehler begangen hast?« Er sieht mich abwartend an und leckt sich provozierend über die Lippen, während seine Finger am Schlitz seiner Hose nesteln und mich noch nervöser machen. Er öffnet seine Hose ganz langsam und zieht sie noch langsamer aus. Die Spitze seiner wundervollen Erektion schaut oben aus dem Bund seiner Unterhose. Sie lächelt mich an und flüstert in meinem Kopf, ich soll sie mit meinen Lippen erkunden. Und ja, ich will sie erkunden: mit meinen Lippen, meiner Zunge, meinem Mund. Ich zerre an meiner Fessel, die sich enger um meine Handgelenke zuzieht. Logan schüttelt ermahnend mit dem Kopf. »Nicht so ungeduldig. Beantworte meine Frage!«

»Ja, ich habe Fehler begangen und es tut mir wirklich, wirklich leid.« Ich sehe ihn flehend an. »Logan, bitte. Ich brauch dich ganz dringend.«

Er nickt zufrieden, legt eine Hand zwischen meine Brüste, streichelt über meinen Oberkörper, saugt an den harten Knospen und schürt das Verlangen in mir, so stark, dass ich wimmere, weil es wehtut und auch wundervoll ist. Ich verzehre mich mit einer Gewalt nach diesem Mann, die mich willenlos macht. Die gefährlich für mich ist, und das weiß ich auch. Aber sobald er in meiner Nähe ist, zählt nur er und alle negativen Gedanken sind ganz weit weg. Seine Zähne kratzen über mein Schlüsselbein. Seine Hand schiebt sich langsam über meinen Körper auf meine Mitte zu. Ich versuche, näher an ihn heranzukommen, um mich an seinem Körper reiben zu können, aber er steht gebeugt vor mir und widmet sich ausgiebig jedem Zentimeter von mir, nur nicht dem Ort zwischen meinen Schenkeln, der sich feucht nach seiner Wärme sehnt.

Ein heftiger Schmerz trifft mich, brandet von meinem Hintern durch meinen Körper. Ich keuche erschrocken auf und sehe Logan vorwurfsvoll an, der breitbeinig und herausfordern vor mir steht. »Was soll das?«, keuche ich, erstaunt darüber, dass dieser Schmerz ganz wundervolle Reaktionen in meinem Körper auslöst.

»Das ist dafür, dass du einfach weggelaufen bist, ohne mit mir zu reden«, sagt Logan ernst. Er legt seine Hand auf meinen Hintern und drückt die Stelle, die er eben geschlagen hat. Die andere Hand zupft grob an meiner Brustwarze und jagt ein Feuer direkt in meinen Unterleib.

»Okay, das sehe ich ein, das war sehr dumm von mir«, gebe ich schwer atmend zu.

Er nickt, legt eine Hand auf meinen Venushügel und drückt einen Finger zwischen meine Schamlippen in mich hinein. Ich stöhne leise und schiebe ihm mein Becken entgegen. Logan dringt tiefer in mich, gleitet wieder aus mir heraus und verteilt die Feuchtigkeit an seinem Finger auf meiner Klitoris.

Er sieht mir tief in die Augen, während er den pulsierenden Punkt reibt und kleine Stromstöße durch meine Venen jagt. Er schlägt wieder ohne Vorwarnung zu, trifft die gleiche Stelle wie vorher. »Dafür, dass mich der Gedanke, dass ein anderer Mann in dir war, wirklich wütend macht. Sehr wütend.« Ein weiterer Schlag folgt. »Weil du mir nicht vertraut hast. Vielleicht habe ich bisher nur mit Callgirls geschlafen, aber wie kommst du nur darauf, dass ich mir wünschen würde, du wärst auch eins? Ich will dich, weil du bist, wie du bist. Nicht für das, was du bist.« Er leckt über meine Brustwarze, saugt an ihr und beißt zärtlich rein. Ich atme heftig ein und meine Knie geben nach. Logan richtet mich lächelnd wieder auf.

»Und wie bin ich?«, stöhne ich, während einer seiner Finger mich wütend fickt.

»Unwiderstehlich heiß, unanständig, ungehorsam und wunderschön. Und du gehörst ganz allein mir. Das ist für mich neu, und ich glaube, das gefällt mir sehr.« Er legt seine freie Hand an meine Kehle, drückt leicht zu und sieht mich bedrohlich an. Ich schlucke und bin verwirrt, weil diese Berührung erotisch und beängstigend zugleich ist und mich nur noch mehr erregt. »Also sorg dafür, dass das so bleibt.«

Er zieht die Hand zwischen meinen Schenkeln weg, aber ich wage nicht zu protestieren, weil er aufgehört hat, mich weiter diese Spirale hochzutreiben. Er legt den Finger, der eben noch in mir war, an meine Lippen, und schiebt ihn dann in meinen Mund. Ich sauge an dem Finger und schmecke meine eigene Lust. In Logans Augen flackert es. Er zieht den Finger aus meinem Mund und presst seine Lippen auf meine. »Du machst etwas mit mir, das ist beängstigend.«

Seine Hände erforschen gierig meinen Körper, kneten grob meine Brüste, während er mich küsst.

Hitze durchströmt mich wie eine Feuerwalze. Ich will meine Beine um seine Taille schlingen, aber der Schal um meine Handgelenke, bestraft den Versuch sofort, indem er sich noch enger zusammenzieht. Ich seufze frustriert. »Logan, ich will dich spüren, bitte.«

Logans Hände greifen nach oben über unsere Köpfe und befreien mich. Ich sacke gegen ihn, er fängt mich auf und schiebt mich gegen die Wand hinter mir. »Berühr mich«, befiehlt er leise.

Zufrieden lege ich meine Hände auf seine breite Brust, erkunde die harten Muskeln unter der heißen Haut. Ich lasse meine Finger an seinem Körper nach unten gleiten und schiebe sie in seine Unterhose, wo ich seinen Schwanz umfasse. Logan keucht, seine Lippen an meinem Ohr. Dieses Geräusch, geht mir durch und durch und steigert mein Verlangen noch mehr. Seine heftige Reaktion auf meine Berührung lässt mein Herz noch schneller schlagen. Ungeduldig zerrt Logan seine Unterhose runter. Er packt grob meine Hüfte, dreht mich mit dem Gesicht zur Wand, legt einen Arm um meinen Unterkörper und seine andere Hand drückt meine Hände gegen die kalte Tapete. Ich kann die weiche Beschaffenheit der Veloursblumen unter meinen Fingern spüren, seinen heißen Atem an meinem Ohr und seine Erektion an meinem Hintern.

»Ich will die feuerrote Stelle an deinem Arsch sehen, während ich dich nehme«, flüstert er mir rau zu. Meine Knie geben zitternd unter mir nach, aber Logans Arm um meinen Unterkörper hält mich sicher. »Verhütest du?«, will er mit zitternder Stimme wissen. Er löst die Hand, die meine festgehalten hat, streicht mit seinen Fingerknöcheln an meinem Arm entlang, über meine Seite und meinen Hintern. Ein Finger schiebt sich von hinten in mich. Ich drücke fordernd meinen Hintern in seine Richtung und nicke.

»Ja.«

»Gut«, sagt er, beißt zärtlich in meine Schulter. »Ich will dich richtig spüren können. Ich bin auch sauber, ich lasse mich regelmäßig testen und verzichte nie auf Kondome. Aber ich will es bei dir, also sag, dass du einverstanden bist.«

»Ich weiß. Und bin ich«, stöhne ich mit kreisendem Becken.

»Danke.« Er schiebt einen Fuß zwischen meine und spreizt meine Beine weiter. Sein Finger wird aus mir herausgezogen. Ich wackle ungeduldig mit meinen Hintern, aber Logan zögert nicht lange. Noch bevor ich ihn richtig an meinem Eingang wahrnehme, stößt er sich auch schon grob in mich. Ich schreie laut auf, als der Schmerz der plötzlichen Dehnung sich heiß durch meinen Körper arbeitet und ein Stromstoß meinen Unterleib zucken lässt.

»Ja!«, schreie ich und dränge meinen Hintern gegen ihn.

Logan legt eine Hand auf meinen Venushügel, die Finger der anderen drücken sich in meine Hüfte. Er zieht sich fast komplett zurück und stößt wieder zu. Heißer Schmerz explodiert in mir, als er gegen meine inneren Barrieren stößt. Logan findet einen kräftigen, aber langsamen Rhythmus, in dem er aus mir herausgleitet und mich dann wieder aufspießt. Sein

Finger massiert in sanften Kreisen mein Lustzentrum und entlockt mir laute unkontrollierte Schreie.

»Das ist es«, sagt er hinter mir und stößt weiter in mich.

Hitzewellen jagen durch mich hindurch, werden mit jedem Stoß größer und drängender. Ich wimmere Logans Namen und halte mich mit letzter Kraft an der Wand fest. Meine Nägel krallen sich in das Velours der Tapete, meine Beine drohen nachzugeben. Mit einem Schrei beginnt mein Innerstes sich um Logan zusammenzuziehen. Logan erstarrt hinter mir, stößt noch ein paar Mal hart in mich. Ich kann spüren, wie er sich in mir ergießt, was neue Zuckungen in mir auslöst.

Logans Körper sinkt gegen meinen. Er küsst meinen Rücken, meinen Nacken. Sein Herz hämmert gegen mich. Es rast so schnell wie mein eigenes. Er zieht sich langsam aus mir raus, nimmt mich auf seine Arme und trägt mich in das winzige Badezimmer, das an mein Reich anschließt und nur aus Toilette, kleinem Waschbecken und Dusche besteht. Er stellt mich auf den kalten Fliesen ab, schiebt die Tür der Dusche auf und dreht das Wasser auf. Dann wendet er sich mir wieder zu, zieht mich in seine Arme und küsst mich. Meine Oberschenkel zittern von der Anstrengung und überhaupt fühle ich mich herrlich ausgelaugt und matt. Ich muss mich an Logan festhalten, damit ich nicht mit dem Hintern auf dem Fliesenboden lande.

»Und, was hast du gelernt?«, fragt er noch immer heiser. Sein Schwanz drückt sich halb erigiert und klebrig gegen meinen Bauch.

»Wenn du von Logan Davonport richtig hart genommen werden willst, mach ihn wütend.«

Logan lacht dunkel. »Unter anderem.«

10. Kapitel

Destiny

»Danke für deine Lektion«, sage ich und schmiege mich an Logans Seite.

»Welche Lektion?«, will er grinsend wissen und zieht mich noch enger an sich. Er haucht mir einen Kuss auf die Wange und sorgt dafür, dass die Bettdecke jeden Zentimeter meiner nackten Haut bedeckt. Nach dem heißen, schweißtreibenden Sex am Morgen fühlt sich mein Körper kühl an. Der Wechsel von Sommer auf Herbst kommt dieses Jahr früh und schnell, aber Logans Körper direkt neben mir, sorgt dafür, dass mir wieder warm wird. Ich male Kreise auf seine nackte Brust und habe zum ersten Mal in meinem Leben das Gefühl, dass mein Herz vor Glück gleich überlaufen wird. Ich möchte in diesen wunderbaren Mann hineinkriechen, so sehr sehne ich mich nach seiner Nähe.

»Die *Lauf-nicht-weg-halte-dich-an-meine-Regeln-du-gehörst-mir-allein*-Lektionen von gestern Abend, heute Nacht und heute Morgen«, zähle ich träge auf und lächle, weil mein brennender Hintern mich noch einige Stunden daran erinnern wird, was Logan mir beibringen wollte.

»Und was daran hat dir am besten gefallen?«, will er wissen, seine Finger streichen zärtlich über meine Seite.

»Du gehörst mir allein«, sage ich und lächle ihn listig an. »Es tut mir leid, die Sache mit dem Ausflug ins Business. Ich weiß nicht einmal, warum ich mich auf diesen Typen eingelassen habe. Ich hatte zwei Bourbon und war irgendwie viel zu schnell betrunken. Und ich hab keine Ahnung, warum er geglaubt hat, er müsse mich bezahlen. Und eigentlich kann ich mich auch gar nicht mehr richtig an diese Nacht erinnern. Alles ist unscharf.«

Logan zieht mich an sich. »Du musst dich nicht entschuldigen. Du hast nichts getan, weswegen du dich schuldig fühlen musst. Eigentlich war ich schuld, weil ich zu feige war, mir gewisse Dinge einzugestehen.«

»Was für Dinge?«, will ich wissen.

Logan schiebt sich über mich und sieht auf mich herunter. »Dinge, die mir Angst machen und über die ich mir erst klarwerden muss.« Er streicht mit seinen Lippen über meine, die sich noch immer ganz geschwollen und heiß anfühlen von den Küssen, die wir beide in der letzten Nacht und auch eben erst geteilt haben. Dieser Kuss soll verhindern, dass ich weiter über seine Worte nachdenke, aber das schafft er nicht ganz, denn ich habe sehr wohl mitbekommen, dass er seine Worte sehr vorsichtig gewählt hat, sodass sie eigentlich nicht viel aussagen.

Ich schiebe ihn von mir runter und lege mich auf die Seite, damit ich ihn besser ansehen kann. »Meine Mutter benimmt sich merkwürdig«, sage ich. »Gibt es da etwas, das ich wissen sollte?«

Er dreht sich auf den Rücken und starrt an die Decke. Sein Atem geht ruhig. Ich beobachte, wie sich seine Brust hebt und senkt, und streiche über die noch nicht richtig verheilte Narbe an seiner Seite, die er selbst genäht hat.

»Wir versuchen seinen Unterschlupf zu finden, aber der Kerl ist nicht dumm. Er lässt niemanden nahe genug an sich heran, damit wir ihm folgen oder einen Sender anbringen könnten. Seine Autos sind immer bewacht und er checkt alles regelmäßig auf Wanzen. Was wir brauchen, ist irgendetwas, das ihn mit Drogen, Prostitution oder Erpressung in Verbindung bringt. Aber die Polizei reißt sich ehrlich gesagt auch kein Bein aus, uns zu helfen. Seine Leute bei der Polizei werfen uns Steine in den Weg.«

»Also seid ihr noch keinen Schritt weiter?«

Logan seufzt und sieht mich traurig an. »Irgendwann macht er einen Fehler und an dem Tag sind wir ganz in seiner Nähe. Und ... na ja ... fändest du es so schlecht, mich noch eine Weile in deinem Bett zu haben?«

Ich lache. »Es wundert mich, dass ich dich überhaupt in mein Bett bekommen habe. Ich hatte das Gefühl, dass dir das zu privat sei. Und so schön die Vorstellung ist, dich länger für mich haben zu dürfen, ich mache mir Sorgen um Adrienne.«

Er kneift die Lippen zusammen und brummt. »Du hast recht, was das Bett betrifft. Ich hab noch nie im Bett einer Frau geschlafen, schon gar nicht neben ihr geschlafen. Das fühlt sich an, als wäre da mehr. Mehr von allem. Und das wollte ich bisher immer vermeiden.«

»Und jetzt willst du das nicht mehr?«

Er sieht wieder zur Decke und sein Blick wirkt nachdenklich, als würde er die Antwort selbst nicht kennen. »Ich glaube nicht.« Er setzt sich auf und steigt aus dem Bett. »Du bringst mich dazu, meine Regeln zu missachten. Das färbt wohl ab. Lass uns schauen, ob noch was vom Frühstück da ist.«

»Und danach teilen wir uns die Dusche«, schlage ich vor.

Er steht nackt neben dem Bett und sieht mich an. Er sieht aus wie dem Traum einer Frau entsprungen. Gut definierte Muskeln, eine breite Brust, wundervoll geformte Oberschenkel. Ein Gladiator. Ich weiß, ich sollte es nicht, aber ich liebe ihn. Mit jedem Tag brennt mein Herz stärker für ihn. Und wenn das alles hier vorbei ist, dann wird nur noch Asche übrig sein. Aber dieser Mann ist wie eine Droge für mich, also lasse ich es einfach geschehen, egal wie schlimm es am Ende für mich ausgeht. Jetzt in diesem Augenblick ist es so perfekt, wie es nur sein kann.

»Wir können auch jetzt gleich duschen und dann noch einmal.«

»Oder wir haben Glück und sind allein im Esszimmer. Unser letztes Mal auf einem Tisch ist ziemlich lang her.«

Logan lacht dunkel und schielt an sich herunter, wo sein Schwanz sich langsam aufrichtet. Ich grinse breit. Feuchtigkeit sammelt sich zwischen meinen

Schenkeln. Wie kann es sein, dass ich ihn schon wieder begehre?

Jemand klopft an der Tür. »Logan? Bist du da drin?«

»Ethan?«, brüllt Logan ungeduldig zurück.

»Lass die Frau zufrieden und komm raus. Ich hab Neuigkeiten.«

»Neuigkeiten?«, rufe ich neugierig.

»Wir treffen uns im Esszimmer. Und wehe es ist kein Orangensaft mehr da«, brüllt Logan.

Zehn Minuten später stehen Logan, Ethan, Bob und ich im Esszimmer um den Tisch herum. Logan stellt ein Glas Orangensaft und eine Tasse Kaffee vor mir ab, dann setzt er sich auf einen der Stühle, legt einen Arm um meine Taille und zieht mich auf seinen Schoß. Ich kann nicht behaupten, dass das Grinsen auf Ethans Gesicht und das Augenrollen von Bob mich kalt lassen, aber ich versuche, nicht rot zu werden, wobei ich kläglich versage. Also entscheide ich mich für ignorieren und so locker wie möglich mit der Situation umzugehen. In meinem Fall heißt das, ich schmiege mich an Logan und trinke meinen Kaffee.

»Trink auch den Saft«, flüstert Logan in mein Ohr.

»Ich mag keinen Saft, Daddy«, entgegne ich.

»Du musst ihn nicht mögen, nur trinken«, antwortet er und zieht eine Augenbraue hoch.

»Er will dir damit sagen, dass du bei Kräften bleiben sollst für das, was er mit dir vorhat«, grollt Bob. »Verdammt, da fliehe ich vor dem Pärchendrama in Edinburgh ein paar Tage nach Glasgow, in der Hoffnung, dass es hier mehr Action geben wird und dann das. Wann ist unser Serge eigentlich weich geworden?«

Der Serge lacht hinter mir zuckend, nimmt meine Haare zurück und küsst meinen Nacken. »Hör auf zu schmollen, der Einzige, der hier weich geworden ist, bist du. Spielst Babysitter für eine Boygroup.«

»Boygroup?«, entrüste ich mich. »Halt die Klappe! Hast du überhaupt Ahnung von guter Musik? Das sind *Wild Novel* und keine Bibelsänger für zwölfjährige Mädchen.«

Bob zieht eine Augenbraue hoch und verschränkt die Arme vor der Brust. »Ich mag die Kleine.«

»Du kennst die Band?«, mischt Ethan sich ein.

»Kennen? Ich liebe sie. Wie kann Frau auch nicht? Ich mein, allein Ians Stimme reicht, um feucht zu werden.«

Logan knurrt mich leise an. »Sag solche Sachen nicht, wenn du nicht willst, dass Ian nie wieder singt.«

»Droh meinem Jungen nicht«, wirft Bob ein.

»Hört auf zu zanken, Kinder.« Ich rutsche auf Logans Schoß herum, nehme das Glas mit dem Saft und rümpfe angewidert die Nase. »Lieber würde ich Ians Tattoos nach einem schweißtreibenden Konzert mit der Zunge erkunden, als dieses Zeug zu trinken. Habe ich schon erwähnt, dass ich Orangensaft hasse?«

»Habe ich schon erwähnt, dass ich dich gleich übers Knie lege?«, brummt Logan.

Ich kneife die Lippen zusammen, atme tief ein, dann stürze ich den Saft runter. Logan versteht keinen Spaß, scheint es.

»Also, was gibt es für Neuigkeiten?«, will Logan wissen. Seine Hand liegt auf meinem Oberschenkel - ziemlich weit oben - und brennt sich durch den Stoff meiner Jeans.

Ich bin mir dieser Hand sehr bewusst und werde mir ihrer Anwesenheit noch bewusster, als Logan sie Millimeter für Millimeter weiter nach oben schiebt. Bis er nur noch seinen Daumen ausstrecken braucht, um diese unfassbar erregbare Stelle mit kleinen Kreisen zu reiben. Ich schnappe so unauffällig wie möglich nach Luft und bin froh, dass Ethan und Bob auf der anderen Seite des Tisches Platz genommen haben und nicht sehen können, was unter dem Tisch auf unserer Seite passiert. Vielleicht ahnen sie es, denn Logans Daumen reibt stärker über die Stelle, als sein Besitzer bemerkt, wie stockend meine Atmung geht. Ich versuche die Hand, die mich quält, wegzuschieben, aber Logan lässt es nicht zu. Er nimmt seine freie Hand und hält damit meine beiden fest.

»Du musst bestraft werden. Denkst du nicht auch, dass du das verdient hast?«, flüstert er in mein Ohr.

»Wenn ihr beiden dann fertig geflirtet habt?«, meint Ethan teilnahmslos und legt ein iPad in die Mitte des Tisches.

Logan bewegt sich nicht, denn das würde bedeuten, seinen Daumen von der heiß pulsierenden Stelle zu nehmen, die er foltert. Die Erregung vibriert durch meinen Unterleib, meinen Bauch, meine Beine. Mein Herz rast und mir ist höllisch heiß. Vom Versuch meine Atmung zu kontrollieren, damit die beiden Männer, die sich mit uns im Raum befinden, nichts mitbekommen, wird mir ganz schwindlig. Wenn sie mitbekommen, was Logan hier tut, werde ich sterben vor Scham, so viel ist sicher. Ich rutsche nervös auf Logans Schoß herum und tue so, als wollte ich nur einen Blick auf das iPad werfen. Dabei stoße ich gegen Logans Erektion an meinem Hintern. Zur Strafe beißt Logan mir in den Nacken, dann sieht er zu Ethan auf.

»Also?«

Wie kann er so unbeteiligt klingen? Ich ärgere mich darüber, wie normal seine Stimme klingt, während ich versuche, nicht aus der Haut zu fahren. Ich bin unglaublich nahe am Höhepunkt. Ich könnte jeden Moment mit einem lauten Schrei zerreißen. Das darf nicht passieren. Ich kämpfe mit der Erregung. Bekämpfe sie, indem ich an Ronny denke, weil der zurzeit der einzige Mensch ist, der in der Lage wäre, dieses Feuer in mir zu bekämpfen. Aber es funktioniert nicht.

Mein Puls schwillt immer mehr an, meine Brüste fühlen sich schwer an und ich kann fühlen, wie sich die Hitze von meinem Unterleib über meine Brust, den Hals bis hoch in die Wangen schiebt. Ich möchte fluchen. Mein Körper steht unter Strom und ich bin an dem Punkt angelangt, wo es mir egal ist, sollten Ethan oder Bob etwas bemerken. Ich will nur noch erlöst werden. Logans Finger hält in der Bewegung still, mitten auf dem Gipfel. Mein Atem stockt. Ich schwebe direkt über dem Raum, so fühlt sich diese Unterbrechung an. Ich muss schwer schlucken.

»Da die Polizei uns nicht helfen will, hat Bob seine Ex-Kollegen angerufen.«

»Ex-Kollegen? Ich dachte, ihr wart alle in einer Einheit bei der Armee?«, platzt es heiser aus mir heraus. Ich wollte nicht reden, aber ich bin gerade nicht bei mir. Das merkt man auch daran, dass ich auf Logans Schoß wieder weiter nach hinten dränge, gegen seine Erektion drücke. Er kann mich jetzt nicht hängen lassen. Ich kann nur noch daran denken, dass ich jetzt kommen will. Wenn nötig, unter Einsatz meiner Finger. Aber leider hält er die in seinen Schraubzwingen unnachgiebig gefangen.

»Stimmt, zuerst. Bob war danach für ein paar Jahre bei Scotland Yard.«

»Bob kommt ganz schön rum«, stöhne ich. Logans Daumen stößt gegen meine Klitoris. Ich halte den Atem an und sehe über meine Schulter zurück. Mit meinen Augen flehe ich Logan an, es zu Ende zu bringen, bevor ich sterbe. Er lächelt teuflisch und beginnt wieder, die Spitze seines Daumens als wundervolles Instrument der Leidenschaft zu missbrauchen. Ich treibe meinen eigenen Daumennagel in Logans Hand. Logan lächelt nur, aber in seinen Augen zuckt die gleiche Erregung, die mich gerade in den Wahnsinn treibt.

»Wir dachten, das wäre eine Möglichkeit, die korrupten Bullen hier in Glasgow zu umgehen.«

»Mein Ex-Vorgesetzter hat mit ein paar Männern diese Bar durchsucht. Leider haben sie nichts gefunden, das auf Ronny hinweist.« Bob sieht mich an, das Gesicht steinern. »Der Besitzer heißt auch nicht Andrew. Das ist ein gewisser Jessie Morello. Zumindest ist die Bar auf diesen Namen eingetragen. Das Problem ist, diesen Mann gibt es nicht.«

Der Daumen zwischen meinen Schenkeln ist bei jedem Wort nervöser geworden, hat schneller gerieben und mich erneut die Spirale nach oben getrieben. Ich kann nicht sagen, dass ich gerade mitbekommen habe, was Bob gesagt hat, dazu war ich zu abgelenkt, aber Logan nickt einfach. »Noch was?«

Ich bohre meinen Fingernagel in Logans Hand, sehe wieder über die Schulter zurück und reiße die Augen auf, als der Orgasmus anrollt. Logan lässt grinsend meine Hände los, legt die freie Hand in einer blitzschnellen Bewegung in meinen Nacken und zieht meinen Mund auf seinen. Leise stöhne ich in ihn, während mein Unterleib durchgeschüttelt wird.

Als mein Orgasmus abgeklungen ist, löst Logan sich von mir. Ich möchte mich jetzt am liebsten an seinem Hals verkriechen, aber ich darf nicht vergessen, dass wir nicht allein sind. Also muss ich das Luftholen und Durchatmen verschieben, richte mich wieder auf und drehe mich den beiden anderen Männern zu. Meine Oberschenkel vibrieren unter dem Tisch und mein Blick trifft auf das wissende Grinsen von Ethan, der mir zuzwinkert. Ich lasse den Oberkörper auf die Tischplatte fallen und vergrabe mein Gesicht in der Armbeuge.

»Diesen Morello gibt es also nicht, vielleicht finden deine Kollegen ja einen Andrew, der auf die Beschreibung passen würde?«

»Guten Morgen«, kommt es von der Tür. Adrienne lehnt im Türrahmen, ihr Blick ruht auf mir. Sie wirkt so kühl, wie ich sie kenne, was mir ein ungutes Gefühl gibt. Obwohl es mich eigentlich beruhigen sollte, weil die veränderte Adrienne doch etwas beängstigend war. Aber dass sie jetzt wieder die Kühle zu spielen scheint, könnte bedeuten, dass sie wieder anfängt, sich zurückzuziehen. Oder steht sie schon länger da und hat etwas gesehen?

»Guten Morgen, Boss«, grüßt Ethan zurück. Sie sieht ihn kurz an, nickt, dann sieht sie wieder zu mir und Logan.

Sie hat es gesehen. Von der Tür aus hätte sie sehr gut sehen können. Und dieser Blick bedeutet wohl, dass sie etwas gesehen hat. Ich möchte im Boden versinken, mich hinter Logans Rücken verstecken oder dieses heiße Spiel von eben einfach ungeschehen machen. Aber der Gedanke stört mich wiederum auch. Nein, ich möchte dieses Spiel nicht ungeschehen machen, denn es war aufregend, wunderbar, horizonterweiternd sexy. Es war so wie Logan eben. Ich starre Adrienne unsicher an und sie starrt uns an, dann tritt ein Lächeln auf ihr Gesicht.

»Wenn du meine Tochter unglücklich machst, lernst du mich kennen. Dann muss ich dir nicht nur die Freundschaft, sondern auch die Klubmitgliedschaft kündigen. Und solange du mit ihr zusammen bist, ist deine Mitgliedschaft ausgesetzt.« Damit wendet sie sich ab und geht wieder. Ethan und

Logan lachen beide laut auf und auch ich kann ein zufriedenes Grinsen nicht unterdrücken.

Logan zuckt mit den Schultern.

»Stört dich das nicht?«

»Was?«

»Na egal, wie die Sache mit uns läuft, du bist hier kein Kunde mehr«, sage ich und sehe ihn an, als wäre er schwer von Begriff.

»Ich bin rundum zufrieden.«

»Es reicht«, brüllt Bob und schüttelt verzweifelt seinen Kopf, seine mächtige Faust landet donnernd auf der Tischplatte. »Scotland Yard prüft jetzt alle Unterlagen und wir gehen die Verbrecherkartei wegen diesem Andrew durch. So wie es aussieht, war keine der Frauen freiwillig in dieser Bar. Wir haben zwei im Lager gefunden, Polinnen ohne Papiere. Laut deren Aussagen erst seit ein paar Tagen hier. Sie wurden in Warschau in einer Disco angesprochen, sind den Männern gefolgt und direkt vor der Disco in einen Transporter verfrachtet worden.«

»Ein Hoch auf die offenen Grenzen von Europa«, murmelt Ethan und Logan nickt.

Belle kommt mit ihrem Handy in das Esszimmer. Sie lächelt Bob schüchtern an und kommt dann auf mich zu. »Ivy«, sagt sie. »Sie schimpft, weil du nicht an dein Handy gehst.«

Ich runzle die Stirn und halte mir das Handy ans Ohr. »Wieso rufst du mich an, wenn wir uns im gleichen Haus befinden?«, fahre ich sie an.

»Weil ich nicht im Haus bin.«

»Wo bist du dann?«

Logan versteift sich hinter mir und auch Ethans Haltung ändert sich.

»Im Supermarkt unten an der Ecke.«

»Das ist nicht dein Ernst?«, keuche ich in das Telefon. Mein Herz macht einen Satz. Ich verkrampfe mich. »Du bist allein unterwegs?«

»Ich wollte eben mal austesten, ob ich den Mut habe, das *Destiny* zu verlassen. Und jetzt hör auf zu schimpfen, sag mir lieber, was deine Lieblingsfarbe des Monats ist. Bei dir weiß man das ja nie so genau.«

»Ivy, komm lieber sofort zurück.« Ich drehe mich zu Logan um und sehe ihn mit hämmerndem Herzen an. »Sie ist im Supermarkt.«

»Sie soll dort bleiben und nicht rausgehen. Ich hole sie.« Logan schiebt mich von seinem Schoß. Diese unsanfte Behandlung brauche ich, um aus meiner Starre zu erwachen.

Ich lehne mich gegen den Tisch, weil meine Knie zittern. Ich kann nur denken: *Was wenn Ronnys Leute das Destiny beobachten?* Und dann wieder: *Nicht Ivy. Bitte lass nicht zu, dass ihr was passiert.* Logan läuft los.

»Wir holen dich ab«, quieke ich panisch in das Telefon.

Ich lasse es auf den Tisch fallen und renne hinter Logan her. Die Treppe nach unten, aus dem *Destiny* raus, die Auffahrt runter und auf die Straße. Wären meine Beine so schnell wie mein Puls, wäre ich schon unten am Supermarkt. Vor mir läuft Logan, seine schweren Schuhe trommeln auf den Asphalt. Ich trage Sneaker, die an der Ferse offen sind und mir ständig von den Füßen rutschen wollen. Hinter mir trommeln die schweren Schuhe von jemand anderen, aber ich drehe mich nicht um. Das würde Zeit kosten, also renne ich weiter. Ich bin das Rennen nicht gewohnt, weswegen meine Lunge schon nach wenigen Metern brennt und meine Oberschenkel schmerzen, aber ich kann nicht aufhören. Es ist Ivy. Warum nur ist sie aus dem Haus gegangen? Warum muss sie ausgerechnet jetzt versuchen, »normal« zu werden?

Ich sehe den Supermarkt schon, das Schild, das die Einfahrt zum Parkplatz markiert. Und ich sehe Ivy vor dem Eingang stehen. Einen schwarzen Van, der direkt vor ihr hält und ein Mann, der herausspringt, Ivy in das Auto schubst. Ein paar Hände greifen nach ihr, ziehen sie weiter rein, und während ihre Beine noch aus dem Auto ragen, fährt es schon los, mit quietschenden Reifen an uns vorbei. Ich bleibe heftig atmend stehen und sehe dem Auto nach. Das fühlt sich nicht real an, aber ich weiß, dass es das ist. Logans Lippen bewegen sich, sein Blick ist auf das Kennzeichen gerichtet. Bob brüllt das Kennzeichen in sein Handy.

Meine Knie geben nach, alles dreht sich in meinem Kopf und ich lasse mich auf die Straße sinken. Logan kommt und hebt mich auf seine Arme und ich lehne mich zitternd gegen ihn. »Nicht Ivy«, sage ich tonlos.

»Wir finden sie«, versucht Logan mich zu beruhigen.

11. Kapitel

Destiny

Vor mir hat sich ein schwarzes Loch geöffnet und ich stürze gerade mitten hinein. Es ist so dunkel in diesem Loch, dass ich den Boden nicht sehen kann. Trotzdem weiß ich, was mich dort unten erwartet: Leere. Nichts wird dort unten sein. Und nichts kann mich wieder heraufholen, wenn wir Ivy nicht finden.

Ich laufe den Gang oben vor dem Esszimmer auf und ab, und zerre an meinen Haaren und fühle mich so nutzlos wie noch nie. Sie haben Ivy und ich konnte nichts tun, außer am Straßenrand stehen und zusehen, was geschieht. Mein Herz rast panisch und mein Verstand fühlt sich an wie erstarrt. Wie geht man um mit einer grenzenlosen Panik, die sich durch deine Eingeweide frisst und dich lähmt, so dass du nicht dazu in der Lage bist, etwas zu unternehmen? Ich fühle mich hilflos, zeitgleich reißt etwas an mir, das von mir verlangt, was zu tun. Nur was?

Logan hat das Esszimmer zur Schaltzentrale der Männer erklärt. Sie haben sich vor etwa dreißig Minuten dort drin verschanzt. Und dass sie uns Frauen dort nicht reinlassen, macht es nicht leichter. Dadurch fühle ich mich nur noch verlorener. Es ist, als würde mein Innerstes so stark unter Strom stehen, dass es mich jeden Moment zerfetzt. Ich will etwas tun. Irgendwas, die Hauptsache, ich unternehme etwas, um Ivy zu retten.

Aber Logan hat recht, ich kann nicht helfen. Ich kann nur genauso erstarrt oder hilflos im *Destiny* herumsitzen wie Adrienne und der Rest von uns. Wir alle waten durch dieses endlos schwarze Meer, durch das die Geschehnisse nur schwer zu uns dringen. Wir wissen, es ist real, aber es fühlt sich nicht so an, weil es so unfassbar ist, dass es den Verstand nicht erreicht. Eine von uns könnte sterben. Vielleicht ist sie längst tot. Das wäre wahrscheinlich sogar das Beste, denn Ivy in den Händen dieses Sadisten hätte einfach nicht passieren dürfen. Ivy hält Folter und Qual nicht noch einmal durch. Ich will schreien vor Verzweiflung und Panik, stattdessen schlage ich mit den Fäusten gegen eine Wand. Der Schmerz holt mich aus meiner blinden Verzweiflung und fühlt sich an wie ein Eimer kaltes Wasser.

Ich versuche noch einmal alle Fakten abzurufen, vielleicht haben wir etwas übersehen. Wenn ich schon nicht helfen darf, dann muss ich wenigstens eine Lösung finden. Vielleicht gibt es was, das Logan und seine Männer übersehen haben. Ich muss meine Gedanken darauf fokussieren, damit ich nicht den Verstand verliere.

Das Kennzeichen des schwarzen Van war gestohlen. Die einzige Spur haben wir verloren. Und es gibt nichts, wo Logan und seine Männer ansetzen können. Wenn sie wenigstens Ivys Handy orten könnten, aber es ist ausgeschaltet und einen Sender hat Logan nicht installiert, weil Ivy das Haus nie verlässt. Sie besitzt dieses Handy nur, um sich mit ihren Facebook-Freunden zu unterhalten.

Ich lehne mich gegen die Wand neben dem Esszimmer und starre auf mein eigenes Handy. Wertvolle Minuten wären nicht sinnlos verstrichen wenn ich mein Handy dabei gehabt hätte. Dann hätte Ivy nicht erst vier Mal versucht, mich zu erreichen und nicht irgendwann aufgegeben und Belle angerufen. Und Belle hätte mich nicht erst suchen müssen. Wertvolle Minuten, die sie hätten retten können. Ich umklammere das Handy und wünsche mir, dass es jetzt bei Ivy wäre, dann würde Logan sie finden. Aber es ist hier bei mir, wo es nutzlos ist. Aber vielleicht muss es das nicht bleiben?

Ich löse mich von der Wand, noch bevor der Plan Form annimmt. Ich habe die Hand schon auf der Türklinke, um Logan in meinen verrückten Plan einzuweihen. Der Plan ist gut und er könnte funktionieren. Aber er ist immer noch verrückt und Logan wird sich nie darauf einlassen. Ich lasse die Türklinke los, sehe mich um. Niemand bemerkt mich. Ethan sitzt, soweit ich weiß, oben auf dem Dach und behält die Auffahrt und die Straße im Auge. Dimitri steht vor dem Haus und Bob ist mit Logan, dem Wesley Snipes-Doubel und ein paar Männern von Scotland Yard im Esszimmer.

Ich muss es versuchen, denn dieser Plan ist die einzige Möglichkeit, Ivy zu finden, bevor ihr schreckliche Dinge angetan werden. Die Vorstellung, dass sie mit zerschnittenem Gesicht auf der Auffahrt liegt, lässt mich würgen. Ich werde es tun. Da Logan es nie erlauben würde, muss ich es zu Beginn allein machen. Ich kann ihn hinzuziehen, wenn ich weit genug vom *Destiny* entfernt bin, damit er mich nicht mehr einholen kann.

So normal wie möglich gehe ich den Flur runter in mein Zimmer. Sobald die Tür ins Schloss gefallen ist, schnappe ich mir meine Handtasche, hole mein Sparbuch aus dem Kleiderschrank und stecke es mitsamt den etwa zweitausend Pfund, die sich in einem Umschlag im Sparbuch befinden, in die Tasche. Mein Magen dreht sich die ganze Zeit über, und auch dass ich mir ständig sage, dass eigentlich nichts schiefgehen kann, hilft keinesfalls, ihn zu beruhigen.

Ich überlege, ob ich Logan nicht doch einweihen sollte. Vielleicht findet er meine Idee sogar genauso gut. Dann hätte ich eine Gruppe erfahrener Männer im Rücken. Aber andererseits hat mein Plan doch eine kleine Lücke: Ich weiß noch nicht einmal, ob ich Ronny überhaupt erreichen kann. Also ist es eigentlich nicht hilfreich, Logan mit meiner Idee von seiner Arbeit abzulenken. Wieder zurück zum ursprünglichen Plan: Ich mache den Anfang allein und hole Logan später dazu, wenn ich Ronny gefunden habe. Wahrscheinlich lässt Ronny sich sowieso eher auf meinen Handel ein, wenn er denkt, ich komme allein.

In meinem Kopf rattern die Gedanken und setzen sich Puzzlestück für Puzzlestück zusammen. Wahrscheinlich ist es vollkommen blöd, was ich im Begriff bin zu tun. Aber je schneller wir Ivy finden, desto geringer der Schaden, der an ihrer Seele entsteht. Sie darf das nicht noch einmal erleben. Sie war schon einmal hilflos einem Irren ausgeliefert. Ich kann das nicht zulassen. Es gibt nur diese eine Chance, ich muss mich mit Ronny treffen. Und ich bin sicher, er wird sich viel eher auf ein Gespräch einlassen, wenn ich allein bin. Außerdem habe ich meine Rückversicherung. Ich presse mein Handy an meine Brust und hoffe, dass Logan bald merkt, dass ich nicht mehr da bin. So riskant mein Plan auch ist, ich muss es versuchen. Für Ivy zählt jede einzelne Sekunde. Sie hat zehn Jahre gebraucht, um den Mut zu finden, allein das *Destiny* zu verlassen. Wenn ich sie nicht rechtzeitig finde, wird sie diesen Mut vielleicht nie wieder finden. Das kann ich nicht zulassen. Was auch immer die Männer vielleicht gerade planen, es wird zu spät sein für Ivy. Der direkte Weg über Ronny scheint mir der beste zu sein.

Ich schleiche mich aus meinem Zimmer, werfe zum vierten Mal einen Blick auf das Display: Akku noch zu 64% voll. Leise laufe ich die Dienstbotentreppe nach unten. Ich muss mein Auto stehenlassen, weil Ethan die Auffahrt überwacht. Ich muss mich darauf verlassen, das Ethan nicht den Park hinter dem Haus beobachtet, wenn doch, dann bin ich im Haus eingesperrt und komme hier nicht weg.

Unten an der Tür sehe ich schnell nach oben und überzeuge mich davon, dass Ethan nicht zu sehen ist. Dann laufe ich durch den Park, so schnell ich kann, immer geradeaus auf das kleine Loch in der Mauer zu, durch das ich als Kind immer gekrochen bin, um mich heimlich auf den Golfplatz zu schleichen. Ich kann nur hoffen, dass es groß genug ist, sonst werde ich gleich ein lächerliches Bild abgeben, wenn ich wie Pooh der Bär feststecke.

Vor dem Loch steht eine Hecke, die stand schon immer da. Sie war nie besonders dicht, deswegen ist es leicht, sich durch sie hindurchzuquetschen. Sobald ich hinter der Hecke bin, fühle ich mich ruhiger. Hier kann mich niemand mehr sehen. Ich reibe über die Kratzer auf meinen Armen und verziehe das Gesicht, als mein Blick auf die Brennnesseln fällt, die das Loch zugewuchert haben.

»Also dann mal los«, sage ich leise. »Bau in deinem nächsten idiotischen Plan ein paar Handschuhe ein.«

Es mussten ja ausgerechnet Brennnesseln sein. Ich beiße die Zähne fest zusammen, je länger ich hier stehe und das Unkraut anstarre, desto größer wird die Gefahr, dass Ethan beschließt, auch mal einen Blick hinter das *Destiny* zu werfen. Unwillig beuge ich mich nach unten, packe die erste Handvoll Grünzeug und reiße es mit einem schmerzvollen Keuchen aus der Erde. Das muss ich mir ganze vier Mal antun, bevor das Loch frei ist. Danach blase ich auf meine brennende Hand und hüpfe ein paar Mal fluchend herum, bis der Schmerz endlich nachlässt, aber leider nicht völlig abklingt.

Ich mustere das Loch zweifelnd, denn es ist nicht groß, aber wenn ich mich ganz lang mache, zuerst die Arme, dann den Rest des Körpers so gestreckt wie möglich, sollte es klappen. Ich knie mich vor das Loch, werfe die Tasche durch und lege mich dann der Länge nach hin, was nicht einfach ist, weil da ja immer noch eine Hecke im Weg ist. Aber ich schaffe es, mich mit den Händen zu ziehen und mit den Füßen zu schieben und dann bin ich durch und außer Sicht von jedem, der sich im *Destiny* befindet.

Ich laufe nahe an der Ziegelwand entlang, gleichzeitig wähle ich die Nummer der Taxizentrale und bestelle eins vor den Golfplatz. Erst am Ende der Mauer trete ich aus ihrem Schutz, aber hier grenzt ein kleiner Wald an, der mich weiterhin unsichtbar macht.

An meinem Strickjäckchen kleben Erde und Blätter und die Knie meiner Jeans sind schwarz. Ich klopfe alles so gut es geht ab, damit ich im Golfklub nicht zu sehr auffalle. Als Gast werde ich wahrscheinlich sowieso nicht durchgehen, aber wenn ich schnell aus dem Klubhaus finde, wird keiner Fragen stellen und hoffentlich auch niemand die Polizei rufen.

Das letzte Stück bis zum Haus renne ich. Ich sprinte die Stufen bis zur Terrasse hoch, die Glastüren stehen offen, Gäste sitzen an runden Tischen und essen und trinken. Als sie mich bemerken, mustern sie mich, aber ich gehe schnurstracks weiter. Drinnen erwartet mich ein ähnlicher Anblick. Ein Kellner bleibt stehen und klappt den Mund auf, als ich an ihm vorbeigehe. Bevor er etwas sagen kann, bin ich schon aus dem Restaurant raus, laufe durch eine große Halle und auf eine große Holztür zu, in der sich Buntglasfenster mit Disteln befinden. Ich reiße die Tür auf, renne die Stufen zum Parkplatz hinunter und auf das wartende Taxi zu. Bewundernswert, dass die nützlichen schwarzen Autos immer so schnell zur Stelle sind, wenn man sie braucht. Als würden sie an jeder Ecke stehen und nur auf deinen Anruf warten.

Ich steige hinten in das Taxi und atme drei Mal tief durch. »Zur nächsten Filiale der Bank of Scotland, bitte«, sage ich zu der Taxifahrerin. Sie drückt den Knopf am Taxameter und startet den Motor.

»Sind Sie vor einem Liebhaber geflüchtet?«, fragt sie lächelnd. »Die alten, reichen Kerle können manchmal beängstigend sein.«

»Ja«, sage ich knapp, mir ist nicht nach Smalltalk. Ich muss mir die nächsten Schritte überlegen.

Nervös sehe ich immer wieder auf das Handydisplay und beobachte, wie die Minuten verstreichen. Jede Minute zählt. Entdeckt Logan mein Fehlen zu früh, stehen meine Chancen schlecht, Ronny zu finden und mein Plan löst sich in Luft auf. Kommt Logan zu spät, könnte es nicht nur für Ivy, sondern auch für mich gefährlich werden, wenn McCraw einfach uns beide behält. Oder mein Handy findet oder ... Es gibt viele unsichere Faktoren in meinem Plan. Wahrscheinlich viel zu viele. Aber das darf mich jetzt nicht davon abhalten, es trotzdem zu wagen. Solange das Telefon nicht klingelt, stehen die Chancen gut, dass Logan noch nicht weiß, dass ich weg bin. Aber vielleicht macht er sich auch gar nicht erst die Mühe, mich anzurufen und folgt mir gleich.

Je länger ich im Taxi sitze, das sich durch den trägen Verkehr schlängelt, desto mehr Zeit habe ich, um mir Gedanken zu machen. Und das ist zermürbend. Ich sollte mir keine Gedanken machen, sonst gebe ich am Ende noch auf und das darf nicht passieren.

Vor der Bank bitte ich die Fahrerin kurz zu warten. Ich haste an den erstbesten Schalter, um die Mittagszeit ist hier alles leer, und lege der Angestellten mein Sparbuch vor die Nase. »Ich möchte mein Sparbuch schließen«, sage ich und gebe mir Mühe, nicht zu gehetzt zu klingen. Die ältere Dame soll nicht das Gefühl bekommen, etwas wäre nicht in Ordnung.

Sie nimmt das Sparbuch, schlägt es auf und mustert die Eingänge genau. »Sie haben die Zinsen eine Weile nicht nachtragen lassen«, sagt sie und tippt auf einem Taschenrechner herum. Sie trägt etwas in das Sparbuch ein, dann sieht sie mich mit einem traurigen Lächeln an. »Soll das Geld auf Ihr Konto überwiesen werden?«

»Ich möchte es bar«, sage ich ungeduldig. Jede zusätzliche Minute ist eine Minute, in der Logan entdecken kann, dass ich nicht mehr da bin. Und jetzt wäre noch zu früh. Noch habe ich mein Ziel nicht erreicht.

»Das geht nicht. So hohe Summen müssen angemeldet werden. Aber ich kann das Geld überweisen.«

Ich schüttle den Kopf. »Ich brauche es jetzt.«

»Tut mir leid«, sagt sie wieder und schüttelt heftig ihre grauen Locken. Sie nimmt ihre Brille von der Nase und putzt sie mit einem Stofftaschentuch, das sie aus der Brusttasche ihrer Bluse gezogen hat. Diese Geste kenne ich von Adrienne und sie bedeutet, dass die Dame die Geduld mit mir verliert.

»Wie viel können Sie denn sofort auszahlen?«, hake ich unfreundlich nach.

»Fünftausend«, sagt sie und lächelt jetzt wieder.

»Das ist viel zu wenig«, brause ich auf und nehme keine Rücksicht mehr auf ihre Freundlichkeit. Es ist mir gerade herzlich egal, dass man sich so nicht benimmt. Ich scheiße auf Etikette, meine Freundin wird wahrscheinlich in diesem Moment gefoltert. Am liebsten würde ich der Frau das an den Kopf knallen, aber dann würde sie die Polizei rufen. Ich trete von einem Fuß auf den anderen und tippe mit den Fingern meiner rechten Hand einen chaotischen Rhythmus. Ich werde jede Sekunde aus der Haut fahren, so aufgeladen fühle ich mich.

»Kann ich es auf jemand anders überschreiben?«

»Ist die Person anwesend?«

»Nein«, sage ich genervt.

»Dann nicht, wir brauchen den Ausweis und die Unterschrift des Empfängers.«

Ich verdrehe die Augen. Mein Magen krampft. Beginnt mein Plan, sich schon jetzt aufzulösen? »Dann geben Sie mir die Fünftausend. Ich werde versuchen, ihn zu überzeugen mit in die Bank zu kommen.« Auch wenn ich nicht damit rechne, dass Ronny McCraw, der Mafiaboss, Zeit für einen Bummel mit seiner Tochter hat, ich muss es versuchen.

Die Angestellte streicht und schreibt im Sparbuch herum, tippt etwas in den Computer neben sich, sieht mich wieder an, sieht sich meinen Ausweis an, geht vom Schalter weg, spricht mit einer Kollegin, lacht mit ihr und ich stehe kurz vor einer Herzattacke, als sie endlich kommt und mir das Geld vorzählt. Ich bedanke mich mit einem Knurren und laufe hastig aus der Bank. Im Taxi nenne ich der Fahrerin die Adresse des *Blue Moon* und sie fährt wortlos weiter. Mein zur Faust geballtes Gesicht hält sie dieses Mal davon ab, mit mir Smalltalk zu machen.

Als sie mich vor der Bar rauslässt und ich bezahlt habe, drehe ich mich mit einem flauen Gefühl im Magen zum Haus um. Ich sehe hinauf zu den Fenstern von Danas Wohnung. Diese Wohnung hatte nie die Chance wirklich zu meiner Wohnung zu werden. Aber vielleicht, wenn die Bar jetzt geschlossen ist, kann ich sie doch behalten. Natürlich müsste dann Einiges gemacht werden, wie die Fassade vom Ruß befreit, die Innenräume vorgerichtet und die Hausbewohner beruhigt werden, die bestimmt denken, das wäre alles meine Schuld. Wahrscheinlich denken sie, das junge Küken hat Essen verbrennen lassen oder nachts im Bett geraucht. Auf keinen Fall würden sie mir glauben, dass mein Vater, der Mafiaboss, mich ärgern wollte.

Ich sehe nach unten, wo im Fenster des *Blue Moon* in großen Buchstaben auf ein Stück Karton geschrieben wurde, dass es geschlossen ist. Die Tür ist mit einem gelben Absperrband verklebt. Ich gehe trotzdem darauf zu, in der Hoffnung, dass unter den Öffnungszeiten die Telefonnummer von einem Verantwortlichen steht. Vielleicht die von Andrew »Jessie Morello«, oder wie auch immer er heißen mag. Das *Blue Moon* ist mein einziger Anhaltspunkt. Hier muss es eine Verbindung zu McCraw geben. Irgendetwas und wenn es nur eine

Mail-Adresse ist. Oder der Hinweis auf ein anderes Geschäft, das mit diesem verbunden ist. Oder eine verdammte Visitenkarte mit Ronnys Namen drauf. Ich nehme alles.

Aber es gibt Nichts. Nicht auf dem Schild, nicht im Briefkasten, der zur Bar gehört, und auch nicht im Straßendreck. Warum hätte ich auch mal Glück haben sollen? Ich fahre mir durch das Haar, das vom leichten Nieselregen nass ist. Erst jetzt bemerke ich überhaupt, dass es nieselt und mein Gesicht vom Wind ganz kalt ist. Ich wische mit dem Ärmel meiner Strickjacke über mein Gesicht. Vielleicht stammt die Nässe auch von den Tränen, die aus meinen Augen quellen. Wen interessiert das schon? Wütend schlage ich meine Fäuste gegen die Tür.

»Die Polizei wird das ungern sehen«, sagt jemand hinter mir. In der Annahme, das wäre ein besorgter Bürger, drehe ich mich nicht erst um, sondern klopfe noch einmal gegen das Holz.

»Rufen Sie sie doch«, murmle ich und schniefe.

»Ich habe immer gedacht, wenn ich mal eine Tochter habe, wäre sie stark und taff, so wie ich. Aber so wie das auf mich wirkt, kommst du eher nach deiner Mutter. Die hat auch immer rumgeheult.«

Ich lasse die Hände sinken und drehe mich wütend zu Ronny McCraw um. Er steht grinsend unten vor den Stufen, die zum Eingang des *Blue Moon* führen. Er trägt einen Hut und einen langen schwarzen Trenchcoat und sieht einfach nur lächerlich damit aus. Irgendwie wie Columbo, ein Typ, den man nicht ernst nehmen kann, aber sollte. So ist es bei ihm auch. Diesen Mann sollte man sehr ernst nehmen, aber das kann ich in meiner Wut nicht, weswegen ich die Stufen herunterspringe und ihm meine Fäuste gegen die Brust haue.

»Du bist nicht mein Vater!«

»Streite es ab, so viel du willst, das ändert nichts an der Tatsache. Wir sind verwandt, ich an deiner Stelle hätte auch hier angefangen zu suchen. Und weil ich wusste, dass etwas von mir in dir steckt, habe ich hier auf dich gewartet.« Er zuckt mit seinem Kopf zur anderen Straßenseite, wo gerade die schwarze Limousine einparkt, die ich schon kenne.

Die Wut in mir bringt mich zum Zittern, verführt mich dazu, nicht denken zu wollen, sondern nur zu handeln. Ich will diesen Mann schlagen, auf ihn eintreten, bis er nicht mehr atmet, aber ich darf die Kontrolle nicht verlieren. Man sollte die Menschen, mit denen man Geschäfte machen will, nicht vor den Kopf stoßen.

»Wo ist Ivy?«, platze ich heraus und atme tief und langsam ein.

»Es könnte sein, dass es ihr gerade nicht so gut geht. Sie hat die grundlegenden Verhaltensweisen ihres Jobs verlernt, glaube ich. Ihr Verhalten ist unentschuldbar. Man tritt einem eventuellen Kunden nicht in die Eier. Wir müssen mit ihr ganz von vorne beginnen. Aber Dexter bekommt das schon hin.«

»Ihr habt ihr wehgetan?«, frage ich entsetzt. Ich fühle das Blut aus meinem Gesicht weichen. Mein Herz setzt aus und ich schwanke. »Nein«, sage ich tonlos, als könnte ein geflüstertes Nein ungeschehen machen, was Ivy angetan wurde. Ich stehe unter Schock, aber ich muss klar im Kopf bleiben, also zwinge ich mich, die Worte nicht an mich ranzulassen. Ein zitterndes Wrack ist kein ernstzunehmender Verhandlungspartner. Jedes Anzeichen von Schwäche könnte McCraw gegen mich verwenden.

McCraw grinst dreckig. »Noch nicht, keine Angst. Aber wer weiß, wie lange noch.« Er mustert mich abschätzend, die Hände in den Manteltaschen vergraben. Hat er dort eine Waffe versteckt? Irgendetwas, das er benutzen kann, um mich außer Gefecht zu setzen, damit er mich in den Kofferraum der schwarzen Nobelkarosse werfen kann? Ich denke an mein Handy und wünsche mir, dass es klingelt. Dass Logan jetzt anruft und mich rettet. Aber auch jetzt ist es noch zu früh. Trotzdem, ich bin auf dem richtigen Weg. Hoffentlich schon fast am Ziel.

»Ich habe Geld mit, um die Schulden meiner Mutter zu bezahlen.«

Er zieht eine Augenbraue hoch. Als er das tut, fällt mir die Form seiner Augen auf. Sie sehen aus wie meine. Auch die hohen Wangenknochen habe ich von ihm. Mir wird übel, wer will schon Ähnlichkeit mit einem Monster haben? Aber darum geht es jetzt nicht. Jetzt zählt nur Ivy. Und ich will nicht wissen, was dieser Dexter ihr antut, wenn er losgelassen wird. Konzentrier dich!

»Wie viel?«, will er wissen.

»Siebentausend in bar und zweiundvierzigtausend auf meinem Sparbuch.«

»Dana hat dir also nicht nur die Wohnung vererbt, sondern auch noch einiges von meinem Geld.«

Ich sehe ihn entrüstet an, doch er hat recht, es ist seins. War seins. Wie auch immer man es sehen will. »Du kannst es zurückhaben.«

»Ich will es nicht, sieh es als deinen Anteil am Familienvermögen.«

Ich schnaube. »Wenn es deins ist, will ich es nicht. Ich mag die Art nicht, wie du es verdient hast.«

Er sieht über die Schulter zurück, ein Mann auf der anderen Straßenseite nickt ihm zu. »Ich hab kein Interesse an Geld, was ich will, ist Adrienne. Sie hat mich verraten und da, wo wir herkommen, klärt man das auf eine ganz bestimmte Art.«

»Ich verstehe nicht.«

»Sie hat die Wahl zwischen dem Tod oder für immer mein Besitz zu sein.«

Ich schüttle den Kopf und krame in meiner Tasche nach dem Geld. Ich halte es ihm hin. »Bitte«, sage ich verzweifelt, aber er sieht es nicht einmal an. »Ivy ist wie eine Schwester für mich.«

»Dann bring mir Adrienne.«

Ich stecke das Geld wie betäubt zurück. Was soll ich nur tun? Meine Mutter zwingen, sich für Ivy auszuliefern? Mein Handy vibriert in der Handtasche. Logan hat bemerkt, dass ich weg bin. »Lass sie mich wenigstens sehen«, sage ich hoffnungsvoll, ich muss mit meinem Handy in ihre Nähe kommen.

»Du würdest mit mir gehen? Ich hätte dich für klüger gehalten. Was, wenn ich dir sage, ich bringe dich zu ihr und lasse dich nicht mehr gehen?«

Was soll ich ihm jetzt darauf antworten? Das will ich doch. Wenigstens könnte Logan uns beide dann finden, weil mein Plan aufgegangen wäre und er uns orten könnte, wenn Ronny mein Handy und mich in sein Versteck bringt. Dann hätte sich das Risiko ausgezahlt und alles wäre so gelaufen, wie ich es mir ausgemalt habe. »Ja.«

Er sieht mich erstaunt an, dann lächelt er zufrieden. »Also gut. Ich mache dir einen Vorschlag. Du bekommst deinen Austausch, aber nicht sofort. Ich kann das Risiko nicht eingehen, dass dir jemand gefolgt ist. Ich werde für den Transport sorgen und ich stelle die Bedingungen. Du fährst wieder nach Hause. Dort überlegst du dir, ob du das wirklich tun willst. Überleg es dir gut, denn wenn du dich für den Austausch entscheidest, bleibst du bei mir. Für immer. Ich schicke dir um Mitternacht ein Taxi. Es wird vor dem Supermarkt auf dich warten. Sobald du einsteigst, werde ich Ivy vorbereiten auf ihre Freiheit. Wenn du in meinem Unterschlupf angekommen bist, kannst du dich von ihr verabschieden. Du bleibst, sie geht und ich bin quitt mit deiner Mutter.«

»Du willst, dass ich bei dir bleibe?«, frage ich ungläubig. In meinen Ohren rauscht mein Blut so laut, dass ich mich kaum reden höre.

»Das ist der Deal. Ich bekomme meine Tochter und deine Mutter ihre Schulden gestrichen. Familie ist mir wichtig.«

12. Kapitel

Destiny

Ich stehe im Regen und starre auf die Stelle, an der bis vor wenigen Minuten noch Ronny McCraw gestanden und mir einen Deal vorgeschlagen hat, der so absurd ist, dass ich ihn nicht einmal in Erwägung ziehen will. Dieser Mann ist ein Fremder, was will er von mir? Und obwohl er einer der schlimmsten Verbrecher überhaupt ist, lässt er mir die Wahl. Dabei wäre es ein Leichtes für ihn gewesen, mich einfach in die schwarze Limousine zu verfrachten und mitzunehmen. Er fragt ja sonst auch nicht, sondern nimmt sich einfach, was er will. Aber aus irgendeinem Grund will er, dass ich selbst entscheide. Und ich weiß genau, dass ich weder Adrienne noch Logan noch sonst jemanden je wiedersehen würde, wenn ich mich für diesen Handel entscheiden würde. Wahrscheinlich würde er mich in irgendeine Absteige verschleppen, wo ich dann für ihn meinen Körper verkaufen darf, so wie er es auch mit Adrienne und Dana gemacht hat. Ich muss mich schütteln bei dem Gedanken. Diese Sache kommt überhaupt nicht infrage.

Vor mir hält ein SUV mit einem Schwanz an der Seite. Ich gehe auf die Beifahrertür zu und steige ein. Er hat nicht angerufen, ganz wie ich vermutet habe, nur eine Nachricht geschickt, dass er unterwegs ist und ich mich gefälligst nicht wegbewegen soll. Er ist einfach aufgetaucht und das auch noch viel zu früh. Hätte McCraw mich gleich mitgenommen, wären wir wohl noch nicht einmal in der Nähe seines Unterschlupfs angekommen. Aber das ist jetzt ohnehin egal. Meine Kleidung ist durchgeweicht, mein Haar sieht bestimmt aus wie das einer Vogelscheuche. Ich merke es kaum. Meine Gedanken sind weit weg, deswegen zucke ich auch nicht zusammen, als Logan mich anbrüllt.

»Was zur Hölle hast du dir dabei gedacht? Wie konnte ich nur glauben, dass du dich einmal an das hältst, was ich sage?«

»Mir ist nichts passiert«, antworte ich trocken. Ich sehe Logan kaum an. Ich weiß auch so, dass er sehr wütend auf mich ist. Aber ich musste es einfach versuchen. Ich konnte nicht herumstehen und warten, während Ivy abscheuliche Dinge angetan werden, wegen dem, was Adrienne getan hat. Bin ich wütend auf meine Mutter? Nein, das kann ich nicht. Denn so schlimm auch alles gerade ist, sie hat viel Gutes getan mit Ronnys Geld. Ohne dieses Geld wäre keins der Mädchen je entkommen. »Das wird mir auch nicht, weil McCraw völlig irre ist«, murmle ich leise, mehr zu mir selbst.

»Was? Was soll das heißen?« Logan setzt sich schräg, damit er mich besser unverständlich anschauen kann. Eine Hand umklammert das Lenkrad, die andere liegt hinter meiner Kopfstütze und spielt mit meinem Haar. Als bräuchte er trotz seiner Wut diesen Kontakt zu mir.

Ich wende den Blick zum Seitenfenster raus. »Nichts, er macht sich nur lustig über mich, das ist alles.«

»Dann hattest du wohl Glück«, sagt Logan zornig. »Er hätte dich auch umbringen können.« Er legt einen Finger unter mein Kinn und dreht mein Gesicht zu sich. »Geht es dir gut?«

»Nichts passiert.«

»Sehr gut«, knurrt er. »Dann muss ich nicht vorsichtig sein, wenn ich dich gleich übers Knie lege. Ich bin fast wahnsinnig geworden vor Angst. Du bringst mich noch um.« Er schlägt mit der flachen Hand auf das Lenkrad und die Hupe geht los. Ich fange an zu lachen, aber dann denke ich an Ivy und das Lachen erstickt in meiner Kehle. Logan sieht mich mit kraus gezogener Stirn an, und packt mit beiden Händen meine Taille und zieht mich auf seinen Schoß.

»Ich habe wirklich gedacht, ich sehe dich nicht wieder.« Er streicht mir das nasse Haar aus dem Gesicht, legt eine Hand auf meinen Hinterkopf und zieht meinen Mund auf seinen. Sein Kuss ist heiß, hungrig und verzweifelt. Er saugt an meinen Lippen, seine Zunge spielt mit meiner und entlockt meinem Körper Reaktionen, die nicht falscher hätten sein können in der Situation, in der wir uns befinden. Aber so reagiert mein Körper nun mal auf ihn. Weswegen ich den Kuss genieße, seinen Geschmack und seine Hände auf meinem Körper, die sich unter meine Jacke schieben.

»Mach das nie wieder«, sagt er keuchend, nachdem er sich von mir gelöst hat. Er legt seine Hände auf meine Wangen. Sie sind wunderbar heiß auf meiner kalten Haut und ich schmiege mich seufzend in sie.

»Was sonst?«, frage ich müde.

»Sonst muss ich mir überlegen, ob es nicht zu gefährlich für einen Mann meines Alters ist, dich zu lieben.«

Ich fahre zusammen und reiße die Augen auf, mein Herz liegt hämmernd in meinem Magen und meine Kehle fühlt sich an wie zugeschnürt. »Hast du mir eben auf deine männliche Art und Weise gesagt, dass du mich liebst?«, frage ich heiser. Seine Augen sehen mich jetzt zärtlich an. Von der Wut ist nichts mehr zu sehen. Bei diesem Blick möchte ich fast glauben, dass er es tatsächlich gesagt hat und auch ernst meint. Aber warum sollte er es nicht ernst meinen? Männer wie Logan Davonport sagen solche Dinge nicht einfach daher.

Er runzelt die Stirn, legt den Kopf schief und lächelt. »Ist es das, was du gehört hast?«

Ich nicke vorsichtig. In meinen Ohren rauscht es. Ist es Aufregung oder Angst, dass er gleich sagt, dass ich mich verhört habe?

Seine Hand legt sich auf meinen Hals und sein Daumen streichelt über meine Unterlippe, die zu kribbeln beginnt. »Dann muss es wohl wahr sein. Oder es liegt daran, dass ich dachte, ich würde dich nie wiedersehen. Ich kann dir nicht sagen, ob es wirklich Liebe ist, aber als ich dich im *Destiny* nicht finden konnte, bin ich vor Angst um dich fast wahnsinnig geworden.«

»Hmm«, mache ich. »Du bist also fast wahnsinnig vor Eifersucht geworden, als du von meinem Ausrutscher gehört hast und du bist fast wahnsinnig vor Angst um mich geworden, als ich weg war. Für mich klingt das, als wärst du wahnsinnig verliebt in mich.« Ich grinse ihn frech an und blinzle mit den Wimpern. In meinem Magen flattert es wild. »Heißt das jetzt, unser Vertrag endet nicht, wenn wir Ronny haben?«

»Willst du damit sagen, du hast den Kerl wieder gehen lassen, weil du Angst davor hast, dass unser Deal dann vorbei ist?«, fragt er grinsend.

Ich zwicke Logan in eine Brustwarze.

Er lacht, kneift mir in den Hintern und weicht dann meinem Blick aus. »Ich wünschte, ich könnte dich anlügen, aber das kann ich nicht. Es fühlt sich für mich einfacher an, zu sagen, das mit uns hat ein absehbares Ende.«

»Schon klar«, sage ich und klettere von seinem Schoß. »Keine feste Beziehung für Mr Davonport, damit er eine Frau nicht verletzen kann. Aber Überraschung: Ich liebe dich auch, sehr sogar. Und an dem Tag, an dem du einfach aus meinem Leben verschwindest, da wirst du mich verletzen.«

Ich sehe ihn nicht an, weil ich das nicht kann, das würde das Loch in meinem Herzen nur noch mehr aufreißen. Und wäre da nicht noch immer Ivy, die ich retten muss, würde ich jetzt gerne aus vollem Herzen heulen, mich in mein Bett verkriechen und nie wieder rauskommen. Aber das muss warten. Ich muss mich jetzt auf Ivy konzentrieren. Ich darf nicht darüber nachdenken, dass Logan mir eben gestanden hat, dass er mich liebt und mich trotzdem noch immer verlassen will. Ich atme tief ein und kämpfe die Tränen herunter. »Fahr schon endlich los!«

* * *

Zehn Minuten vor Mitternacht verlasse ich das Haus. Ich habe nicht viel mitgenommen, also bin ich schnell unten am Supermarkt. Der kalte Wind bläst mir in Gesicht und Nacken. Die Hochsteckfrisur ist bei diesen Temperaturen unangenehm. Ich ziehe mein Halstuch höher, um die nackte Haut zu bedecken. Ich sehe mich nicht um, denn das könnte fatal sein. Dann könnte ich mir vielleicht darüber klar werden, wie gefährlich das ist, was ich hier tue. Wie unsagbar dumm. Aber ich tue es für Ivy.

Als ich beim Supermarkt ankomme, wartet dort schon ein Taxi. Als mein Blick auf die Stelle fällt, von der Ivy entführt wurde, spielt sich alles noch einmal in meinem Kopf ab. Plötzlich sind die Details noch viel deutlicher: Ich kann Ivys schockiertes Gesicht sehen, ihre Augen, die panisch auf mich gerichtet sind, und ihr Mund, der sich zu einem stummen Schrei öffnet, als fremde Hände sie packen und in das Auto stoßen, wo andere fremde Hände sie packen und weiter hineinziehen. Warum ist sie nur allein in den Supermarkt gegangen? Ihr erster Ausflug allein und dann passiert so etwas. Das wird sie wieder zurückwerfen. Womöglich ganz auf Anfang. Damals hat sie nicht mal ihr Zimmer verlassen. Auch nicht, um mit uns anderen zu essen.

Ich gehe auf das Taxi zu, der Fahrer steigt aus, mustert mich grimmig und öffnet mir die hintere Tür. Ich schiebe mich mit krampfendem Magen auf die Rücksitzbank und umklammere meine kleine

Handtasche. Den Ausweis habe ich in meinem Zimmer gelassen. Man hört ja immer, das wäre das Erste, das Menschenhändler den Frauen abnehmen. Ich habe gelesen, dass heutzutage 70% aller Sklaven Sexsklaven sind. Überall auf der Welt gibt es sie, nur weiß kaum einer von ihrer Existenz. Ich bin sicher, dass das Problem eigentlich nicht das Wissen ist, sondern das Dulden und Wegsehen.

Meine Handtasche liegt auf meinem Schoß, erst knete ich das Leder, dann lasse ich sie los und balle die Hände zu Fäusten, um den Schmerz der Fingernägel in meinen Handflächen zu spüren. Damit ich etwas anderes als die Panik spüre, die mein Herz rasen lässt und mich dazu bringen will, schnell wieder aus dem Taxi zu springen, bevor es zu spät ist. Denn ich bin gerade dabei, mich einem Menschenhändler auszuliefern und selbst zur Sexsklavin zu werden. Aber ich tue es für Ivy, bete ich in Gedanken immer wieder herunter. Das hier ist für Ivy.

Der Taxifahrer spricht nicht mit mir. Er startet den Motor und fährt einfach los. Ich nehme an, er kennt das Ziel, ich kenne es nämlich nicht. Immer wieder wirft er einen nervösen Blick in den Rückspiegel, also drehe ich mich um, um nachzusehen, was ihn so nervös macht. Hinter uns fährt die Limousine, von der ich weiß, dass sie Ronny gehört. Wahrscheinlich soll sie sichergehen, dass niemand dem Taxi folgt. Aber das wird nicht geschehen.

Wir fahren nur ein paar Straßen weiter, als das Taxi am Straßenrand hält und sich auch noch die Reste meines Plans von vor zwölf Stunden in Luft auflösen. Die Tür wird aufgerissen, jemand reicht mir eine Hand und hilft mir beim Aussteigen. Alles geht ganz schnell. Der große, sportlich wirkende Mann mit dem finsteren Blick entreißt mir die Handtasche und durchwühlt sie. Er findet mein Handy, schüttelt den Kopf und wirft es wortlos auf den Boden. Ich sacke innerlich zusammen, aber ich lasse mir die Enttäuschung und die neuerliche Panik, die mein zerbrochenes Handy auslöst, nicht anmerken. Ich setze eine unbewegte Miene auf. Er zieht den eBook-Reader aus meiner Tasche und untersucht ihn im Licht der Straßenlaterne.

»Ich hoffe für dich, der ist nicht manipuliert.«

»Ich lese nur gern, das gehört zu meinem Beruf«, sage ich schnippisch. Dem Beruf, den ich wohl so schnell nicht mehr ausüben werde. Wenigstens habe ich noch Charlie Walkers Biografie fertigstellen dürfen, bevor mich die andere Seite meines Lebens eingeholt hat. Ich fühle mich unwohl bei der Vorstellung, was Jen und Richard wohl von mir denken werden, wenn ich einfach nicht zur Arbeit erscheine.

Der Mann gibt mir meine Tasche wieder, dann fordert er mich auf, vom Taxi wegzutreten. Er sieht mich aus diesen eingefallenen Augen an und leckt sich über seine feiste Unterlippe, die sein runzliges Gesicht fast noch mehr entstellt wie die wuchtige Nase. Der Mann atmet laut und angestrengt, was wohl an seinem mächtig übergewichtigen Körper liegen mag. Und er riecht stark nach Schweiß, was mir übel im Magen liegt. Er stellt sich hinter mich, stößt meine Beine auseinander und durchsucht mich. Ekel überläuft mich, weil dem Mann das sichtlich Spaß macht. Er lässt sich viel Zeit dabei, meinen Hintern, meine Brüste und meine Schenkel zu untersuchen. »Ich denke, du bist sauber«, sagt er und nickt dem Taxifahrer zu. »Dann wechseln wir für den Rest der Reise mal das Auto.«

Er stößt mich in Richtung Limousine, wo hinter dem Steuer ein weiterer Mann sitzt. Bevor ich einsteigen darf, will der Kerl mir die Augen mit einem Tuch verbinden, aber ich stoße ihn wütend weg. »Ich komme freiwillig mit und so wie ich die Sache sehe, werde ich auch nicht wieder nach Hause kommen. Du hast keine Wanze oder sonst was an mir gefunden, und du hast sehr genau nachgesehen, wem also sollte ich verraten, wo wir hinfahren?«

»Steig ein«, knurrt er wenig begeistert, weil ich ihm die Stirn geboten habe, aber erstaunlicherweise hat er es sich gefallen lassen. Könnte es sein, dass die Männer Anweisung haben, mich nett zu behandeln? Vielleicht sollte ich das demnächst austesten. Ich lächle in mich hinein. Wenigstens etwas Beruhigendes.

Wir halten vor einem Eckhaus direkt neben einer Kirche. Diese Kirche ist in Glasgow nicht unbekannt, immerhin gehört sie zu der Vielzahl an Kirchen rund um den *Queens Park*, für eine Mafiabehausung also kein ruhiges abgeschiedenes Plätzchen. Aber vielleicht macht es gerade der Tourismusverkehr in dieser Gegend zum sicheren Unterschlupf für Kriminelle. Dort, wo viel Trubel ist, schaut niemand so genau hin. »Die *Queens Park Baptist Church* in direkter Nachbarschaft, wie passend für einen Haufen Kleinkrimineller«, sage ich provozierend, aber der Mann, der neben mir sitzt, lässt sich davon nicht beeindrucken.

»Bleib sitzen«, befiehlt er stattdessen und reibt sich über seinen dunkelroten Bart. Zumindest scheint der Bart blutrot zu sein im Licht der Laterne vor dem roten Haus, vor dem wir parken. Zumindest wegen der Halbglatze kann ich mir sicher sein. Und dass der Typ vorhin irgendwie beeindruckender gewirkt hat. Hier im Auto und ohne seinen Mantel über den Schultern wirkt er hager und nervös.

Der Fahrer steigt aus, während der Mann neben mir sitzen bleibt, wahrscheinlich, damit ich nicht einfach weglaufen kann, aber das habe ich gar nicht vor. Mir wird die Tür geöffnet, ich ignoriere die Hand, die mir helfen soll, und steige vorsichtig aus, um meinen Kopf nicht zu stoßen. Nur nicht die Frisur versauen, denke ich.

Die schwarze Eingangstür des Hauses wird geöffnet. Es ist eins dieser Häuser mit schwarzem gusseisernem Zaun, drei Etagen und einer Etage im Souterrain. Ich trete an den Zaun heran, umfasse mit meinen Händen zwei der Spitzen und sehe nach unten in den schmalen Lichtgarten vor den Souterrain-Fenstern. Irgendwie fand ich diese Wohnungen dort unten schon immer faszinierend. Jemand nimmt mich am Unterarm und führt mich über die Treppe, die gleichzeitig eine Brücke über den Lichtgarten bildet, auf Ronny McCraw zu, der mit einem Lächeln wartet. Seine rechte Hand umklammert den Oberarm von Ivy. Sie kann mich nicht sehen, denn ihre Augen sind verbunden. In einem Film habe ich mal gesehen, dass es ein gutes Zeichen ist, wenn sie dir die Augen verbinden, weil es heißt, dass sie dich wieder freilassen können, wenn sie wollen, ohne, dass du sie verraten kannst. Ich bin erleichtert zu sehen, dass Ivys Augen verbunden sind. Ich mustere sie, bevor ich ihre Hand greife und mit dem Daumen über die Knöchel streiche. Sie zuckt zitternd zurück, aber ich halte sie fest.

»Ich bin es«, sage ich leise. Ihr Kopf ruckt herum und ihre Atmung beschleunigt sich.

»Hope?«, sagt sie schwach.

»Ja, ich bin hier, um dich nach Hause zu holen.«

»Glaubst du, sie lassen uns gehen?«, will sie weinerlich wissen.

Ich atme tief ein, sehe Ronny in die kalten Augen und nicke. »Du gehst nach Hause«, sage ich, trete auf Ivy zu und ziehe sie in die Arme. Ronny gibt dem Mann, der mich geholt hat, ein Zeichen. Er greift nach Ivy und führt sie auf das Auto zu.

»Ich verlass mich darauf, dass sie wohlbehalten zu Hause ankommt«, sagt Ronny und in seiner Stimme schwingt eine Warnung mit. »Ich habe einen guten Handel gemacht, also will ich nicht, dass man mir nachsagt, ich bin ein schlechter Geschäftspartner.«

Er bedeutet mir, einzutreten, indem er ein Stück zur Seite tritt. Ich sehe mich noch einmal nach Ivy um, die gerade in die Limousine geschoben wird. Ich versuche nicht zu weinen oder panisch zu werden. Das könnte das letzte Mal sein, dass ich sie sehe. Ich verbiete mir diesen Gedanken und betrete eine große Halle mit dunkelroten Wänden, schwarzen Säulen und Fliesen.

»Mein Büro ist rechts«, sagt Ronny.

Ich wende mich nach rechts auf eine schwarze, sehr hohe Doppeltür zu. Ein Mann im Anzug öffnet mir die Tür. Ich sehe mich noch einmal in der Halle um. Solche Männer stehen hier unten vor jeder Tür und auch oben auf der Galerie zur nächsten Etage sehe ich sie stehen.

»Sie sind alle bewaffnet«, sagt Ronny. »In meinem Beruf ist es nötig, sich mit Bodyguards zu umgeben. Außerdem ist nicht jede Frau freiwillig hier.«

»Das ist also ein Hochsicherheitsgefängnis direkt vor den Pforten einer Kirche«, sage ich und verziehe das Gesicht.

»Nenn es nicht Gefängnis, das hat so einen bitteren Beigeschmack. Im Gefängnis ist es weniger komfortabel.«

Ich gehe an Ronny vorbei in ein Büro mit schweren dunklen Holzmöbeln. »Du musst es ja wissen.«

»Da hast du recht. Setz dich doch«, sagt er. »Whisky oder doch lieber Champagner.«

»Danke, ich verzichte«, sage ich. »Die letzten Drinks haben meinem Urteilsvermögen erheblich geschadet.«

»Andrew hat davon erzählt. Ich war ehrlich gesagt überrascht, als ich mitbekommen durfte, dass ihr beiden euch kennt.« Er setzt sich in den Sessel mir gegenüber, nimmt sich ein Glas vom Tisch, der zwischen uns steht, und schenkt sich Whisky ein.

Ich mustere die Rücken der ledergebundenen Bücher in den Regalen. »Dann heißt er also wirklich

Andrew oder ist der Name so erfunden wie der auf den Grundstückseintragungen für die Bar?«

Ronny lacht und sieht mich amüsiert an. »Ihr habt euch also schlaugemacht über ihn. Er sich über dich auch. Der Junge mag dich.«

»Ich mag ihn nicht.«

»Das habe ich befürchtet.«

Ich zucke mit den Schultern und mustere das Gemälde an der Wand gegenüber. Es ist *Der Kuss* von Gustav Klimt, ein Paar in inniger Umarmung, umgeben von einem Umhang aus Gold. »Netter Kunstdruck.«

»Es ist echt.«

»Es ist echt?«, keuche ich. »Das kann nicht sein, dieses Gemälde hängt im Schloss Belvedere in Wien.«

»Hing«, sagt er feixend. »Die Österreicher erfreuen sich an einer sehr guten Kopie.«

Ich schüttle den Kopf. »Das glaube ich nicht.«

»Das war das Lieblingsbild deiner Mutter. Ich habe es für sie hierher bringen lassen.«

»Hah«, mache ich. »Du interessierst dich doch gar nicht wirklich für sie.«

»Sag so was nicht. Sie hat mich betrogen, mich verraten, mir das Herz gebrochen, aber ich habe sie immer geliebt.«

»Das hast du dann aber auf eine sehr merkwürdige Weise gezeigt«, sage ich angewidert.

Er zuckt mit den Schultern. »Ich verliere nicht gerne etwas, das mir gehört.«

Hinter uns klopft es an der Tür. Ich höre das Wimmern einer Frau und die ungeduldige dunkle Stimme eines Mannes.

»Herein«, sagt Ronny, steht von seinem Sessel auf und richtet seinen Anzug und die weinrote Krawatte.

Die Tür wird geöffnet und ein Mädchen wird herein geschubst. Sie sieht verweint aus, ihre Lippe blutet und die Haut über ihrem Jochbein ist gerissen. Obwohl sie in einem schlechten Zustand ist, überall auf ihrem Gesicht schwarze Make-up-Schlieren verteilt sind und sie aussieht wie ein Waschbär, kann ich sehen, dass sie höchstens sechzehn ist. Sie fällt hinter meinem Sessel auf den Dielenboden, ihre Hände machen ein klatschendes Geräusch, als sie sich mit ihnen auf dem Holz abfängt. Sie sieht ängstlich zu mir auf. Das dünne Top, das sie trägt, ist zerrissen und hängt in Fetzen herunter. Darunter kann ich einen schwarzen Spitzen-BH sehen.

»Die hab ich im Bahnhof gefunden, wohl eine Ausreißerin«, sagt ein kleiner Mann, der mich entfernt an einen Maulwurf erinnert mit seiner spitzen Nase und dem spitzen Kinn. »Sie wollte was von mir kaufen.«

»Also nicht nur Ausreißerin, auch noch Junkie. Die sind mir die liebsten. Danke, Jeff. Gut gemacht. Gib Andrew Bescheid und schick vorher Jules zu mir, die braucht etwas Körperhygiene, bevor Andrew sich um sie kümmern kann.«

Ich springe auf und postiere mich vor dem Mädchen. »Was? Nein! Ihr könnt doch nicht einfach Kinder entführen.«

Der Maulwurf verlässt kopfschüttelnd das Büro und lässt die Tür hinter sich ins Schloss fallen. Ich sehe Ronny mit weit aufgerissenen Augen an. Ich wusste ja, was mich hier erwarten würde, Adrienne hat mir genug erzählt, aber es zu sehen, geht weit über das hinaus, was ich ertragen kann.

»Wer spricht denn von Entführung? Wir haben ihr wahrscheinlich das Leben gerettet. Was glaubst du, wie lange sie da draußen überlebt hätte? Wie lange, bis ein perverser Drecksack sie gefunden hätte?«

»Komm mir nicht so«, schreie ich. »Ich weiß genau, was du mit ihr machen wirst. Adrienne hat jahrelang Mädchen wie sie aus den Fängen von Kerlen wie dir gerettet. Ich bin mit diesen Mädchen aufgewachsen. Ich werde nicht zulassen, dass du so etwas mit ihr tust.« Ich zeige auf das schwarzhaarige Mädchen, das zitternd meine Beine umklammert und zu mir aufsieht.

»Damit wirst du wohl klar kommen müssen.«

»Dich hört man im ganzen Haus schreien«, kommt es von der Tür. Andrew steht grinsend in der offenen Tür und mustert mich. »Lange nicht gesehen, Sweetheart.«

»Halt dein verdammtes Maul«, brülle ich ihn an, stampfe auf ihn zu und versetze ihm einen harten Schlag ins Gesicht. Andrew lacht nur und reibt sich die Wange.

»Deinen Bruder kennst du ja schon«, sagt Ronny hinter mir.

Ich erstarre und gehe zitternd auf Abstand.

»Willkommen in der Familie, Schwesterchen.«

»Er ist mein Bruder?«, keuche ich und fahre mir mit den Händen nervös über mein Gesicht. »Das ist ... das ist pervers.«

»Diese Perversität hast du begangen«, meint McCraw grinsend und sieht mich mit einer gewissen Befriedigung an. Ronny und Andrew schütteln sich vor lachen, während ich mit der Tatsache kämpfe, dass ich Sex mit meinem Bruder hatte. Ich beginne zu würgen.

Ronny kommt auf mich zu, legt seine Hände auf meine Schultern und hält mich aufrecht. »Nicht dein leiblicher Bruder. Er ist der Sohn von einem meiner Mädchen. Ich hab ihn sozusagen adoptiert. Adrienne müsste den Jungen noch kennen. Er ist Danas Sohn. Er war acht, als sie abgehauen sind.«

Ich sehe Andrew schockiert an und schüttle den Kopf. »Nein, davon haben sie nie etwas gesagt.«

»Ich würde auch nicht erwähnen, dass ich mein Kind im Stich lasse. Sie hätten ihn holen können, als ich in den Knast kam, aber das haben sie nicht.«

»Das ist nicht wahr«, schreie ich, gehe rückwärts und stürze über das Mädchen hinter mir.

»Bring deine Schwester in ihr Zimmer«, sagt Ronny.

Andrew hilft mir auf die Beine, dann hebt er mich einfach auf seine Arme und trägt mich in die nächste Etage. Er öffnet eine dunkelrote Tür und legt mich auf ein großes Doppelbett. »Du gewöhnst dich an die Scheiße, die hier läuft, nie, aber du lernst damit zu leben.«

Ich sehe zu ihm auf und in seinem Gesicht gibt es nur Mitleid und Sorge. »Warum bist du hier, wenn du das hier nicht gut findest?«, will ich wissen.

»Ich kenne nichts Anderes. Und ich hab ein paar schreckliche Dinge getan für ihn, als ich noch zu jung war, um es besser zu wissen. Und irgendwann hab ich zu tief drin gesteckt. Aber ich versuche, die Dinge von innen heraus abzufangen. Daran habe ich gearbeitet, solange er im Knast saß. Und ich tue es noch immer. Irgendwie bekommen wir das hin«, sagt er, beugt sich über mich und küsst mich auf die Stirn. »Eine schöne Familie sind wir, oder?«

Ich drehe mich auf die Seite, weg von ihm. Ich bin so müde und erschöpft. Ausgelaugt und schockiert. Ich kann nicht denken und schon gar nicht länger die Gegenwart von jemand ertragen. Auf was habe ich mich nur eingelassen? Was werde ich hier noch zu sehen bekommen? Und wie viel werde ich ertragen können, bis ich zerbreche?

13. Kapitel

Destiny

Meine Dusche am nächsten Morgen fällt kurz aus. Hastig steige ich wieder in meine Kleidung von gestern. Ich möchte möglichst die Erste sein, die wach ist, damit ich mich in Ruhe im Haus umsehen kann. Eigentlich habe ich damit gerechnet, dass Ronny mich einsperren lässt. Ich kämme mein Haar durch und stecke es wieder hoch, so wie ich es schon gestern hatte. Ich sehe aus dem Fenster und lächle. »Hallo *Baptist Church*, hallo *Queens Park Drive*«, sage ich. Dana und Adrienne waren manchmal mit mir hier. Im *Queens Park* kann man wunderbar spielen und picknicken.

Ich seufze, als ich an Dana denken muss. Andrew soll ihr Sohn sein. Ich kann und will es einfach nicht glauben. Niemals hätte sie ihr Kind einfach zurückgelassen. Und als Adrienne mich vor ein paar Tagen in die Vergangenheit der beiden eingeweiht hat, hat sie auch nichts davon erwähnt, dass Dana ein Kind hatte. Nur, dass es manchmal vorkam, dass Ronny den Frauen ihre Kinder wegnahm und sie wegbrachte. War es das, was mit Andrew geschehen war? Wenn Adrienne und Dana davon ausgehen mussten, dass Andrew verkauft worden war, dann wären sie natürlich ohne ihn geflüchtet. Und vielleicht hätten sie dann auch nie wieder von ihm gesprochen, weil der Schmerz zu tief saß. Ich schlug mir eine Hand vor den Mund und schluchzte. So muss es gewesen sein. »Arme Dana, das muss schlimm für sie gewesen sein. Ihren Sohn aufgeben zu müssen und nie wissen zu dürfen, was mit ihm geschehen ist.« Ich wische die Tränen von meinem Gesicht und atme tief ein. »Also dann, sehen wir uns ein bisschen um.«

Ich gehe zur Tür und lege ein Ohr dagegen. Draußen ist alles ruhig. Vorsichtig öffne ich die Tür und sehe mich um. Ganz am Ende des Korridors steht ein Wächter. Er hat mir den Rücken zugedreht und spricht in ein Telefon. Aus der anderen Richtung höre ich ein Wimmern, dann ein lautes Keuchen. Irgendjemand hat Schmerzen. Ich befürchte, es ist das Mädchen von gestern. Ich sehe noch einmal nach dem Mann im Anzug, aber er ist in sein Gespräch vertieft, also schleiche ich mich dem Wimmern entgegen. Der Korridor ist nicht lang, bietet dafür aber genug Deckung. Da stehen künstliche Palmen und Kommoden, Stehlampen und Kunstwerke alle paar Meter. Ob das alles gestohlene Kunst ist? Ich kann es mir vorstellen. Aber wenn Ronny bis vor ein paar Wochen noch im Gefängnis saß, wer hat dann das alles hier weitergeführt. Unmöglich hat er all diese Sachen erst vor Kurzem hergeschafft. Irgendjemand muss die Geschäfte für Ronny weitergeführt haben. Ich hoffe nur, dass dieser Jemand nicht Andrew ist. Irgendwie hoffe ich, jetzt wo ich weiß, wer er ist, dass er nur unfreiwillig in Ronnys Machenschaften verstrickt wurde. Was er gestern gesagt hat, lässt mich das zumindest hoffen.

Zwei Zimmer weiter steht die Tür offen. Ich kann den Lichtkegel auf dem Boden im Korridor sehen, weil die Lampen an den Wänden hier nur sehr schwach leuchten. Das Wimmern kommt aus diesem Raum. Vorsichtig schiebe ich mich weiter vorwärts, sehe um die Ecke und werde unvermittelt mit dem Grauen konfrontiert, von dem meine Mutter gesprochen hat. Es handelt sich um das Mädchen von gestern. Sie liegt mit dem nackten Oberkörper auf einem Holztisch. Ihre Arme umfassen die Tischplatte, wahrscheinlich sind sie unter der Platte gefesselt. Sie sieht mich mit weit aufgerissenen Augen flehend an und ich kann mich nicht rühren. Ich bin erstarrt, kann mich nicht mehr bewegen, noch den Blick von der Szene abwenden. Hinter ihr steht einer der Anzugträger, seine Hosen sind bis zu seinen Knöcheln heruntergerutscht. Seine Hände umklammern ihre Hüften und er hämmert sich brutal in das Mädchen, dabei verzieht er das Gesicht und beginnt zu lachen, als er mich bemerkt. Ich stolpere rückwärts und will nur noch weg hier. Mit dem Rücken stoße ich gegen eine Tür, ich öffne sie einfach, stolpere in das Zimmer und werfe die Tür hinter mir zu. Das sind die Dinge, die hier nun mal geschehen. Das wusste ich und damit habe ich rechnen müssen. Aber jetzt sitzt der Schock so tief, dass ich nicht einmal mehr richtig würgen kann, obwohl mein Mageninhalt wirklich dringend aus mir raus will.

»Bist du neu hier?«, fragt hinter mir jemand. Langsam drehe ich mich um, auf einer schmalen Liege sitzt ein weiteres junges Mädchen, um ihren

Fuß trägt sie eine dicke Kette, deren anderes Ende mit einem Haken im Boden vor ihrem Bett verbunden ist. »Mein Name ist Ines und deiner?«

Ines ist etwa zwanzig, sie ist abgemagert, ihre Zähne sind braun und brüchig und ihr blondes Haar ist dünn und strähnig. Vielleicht ist sie auch jünger, denn das Alter lässt sich bei Meth-Junkies schlecht schätzen. Und sie sieht aus wie eine Methabhängige.

»Hope«, sage ich krächzend, lege eine Hand auf meinen Mund und sehe mit zitternden Knien zurück zur Tür.

»Sie vergewaltigen die Neue, oder?«, will Ines wissen. Ich trete weiter in den hell beleuchteten Raum. Die Vorhänge sind zugezogen, die grelle Helligkeit kommt von der nackten Glühbirne, die von der Decke hängt. »Die Neuen sind immer sehr begehrt. Die sind noch nicht so abgefuckt wie wir Älteren. Zu den Älteren zu gehören, hat den Vorteil, dass man seltener dran ist«, sagt sie weiter, dann mustert sie mich unter zusammengekniffenen Lidern. »Warum darfst du eigentlich frei rumlaufen?«

Ich sehe mich im Zimmer um. Auf der anderen Seite steht noch eine Liege, sie ist leer. In einem Hochbett liegen zwei Mädchen, die lethargisch ins Leere starren. Sonst gibt es nichts in dem Zimmer, keine Schränke, keine Stühle, nicht einmal Tapeten. Allein schon dieser Raum und der Zustand der Mädchen hier würden reichen, um Ronny McCraw wieder in den Knast zu bringen. Ich sehe mich angewidert um. Alles scheint noch viel schlimmer als in meiner Vorstellung zu sein. Aber als normaler

Mensch kann man sich nicht vorstellen, dass es so grausame Dinge auf der Welt gibt. Ungewollt drängt sich mir die Frage auf, wie viele Menschen wohl gezwungen sind, solches Leid zu ertragen.

»Die Zwei haben sie ruhiggestellt. Das passiert mit den Frauen, die sie wegbringen.«

»Wohin«, frage ich atemlos und stehe in der Mitte des kahlen Raumes herum, ohne zu wissen, was ich tun soll.

»Das wissen wir nicht. Vielleicht entsorgen sie uns, wenn wir nicht mehr zu gebrauchen sind.« Ines sagt das so trocken, dass es mich noch mehr schockiert. Hat sie denn keine Angst davor, weggebracht und vielleicht »entsorgt« zu werden? Oder wäre das sogar die Erlösung für sie? Sehnen sich diese Mädchen nach diesem Tag? Ich kratze mit meinen Nägeln über meine Oberarme, damit der Schmerz mir hilft, bei Verstand zu bleiben. Adrienne und Dana waren viele Jahre Teil von diesem Grauen. Wahrscheinlich saßen sie auch gefesselt auf einem Bett und haben auf den Tod gehofft.

Ich sehe wieder zur Tür, mein Herz rast noch immer. Ich bekomme den Anblick des Mädchens nicht aus meinem Kopf. »Tun sie das alle mit euch?«

»Nicht alle. Andrew kommt manchmal hier rein, dann sollen wir wimmern und heulen und so tun als ob. Ich denke, er ist genauso ein Gefangener in diesem Haus wie wir auch. Er will uns nicht wehtun, kann aber auch nicht aus der Reihe tanzen, also spielt er ihnen vor, dass er uns genauso behandelt wie die anderen auch.«

Ich mustere Ines ungläubig, aber sie scheint die Wahrheit zu sagen und das erleichtert mich irgendwie. Ich weiß nicht, was ich gefühlt hätte, wenn er auch so wäre. Wenn ich gewusst hätte, dass der Mann, der mit mir geschlafen hat, ein solches Monster ist.

Plötzlich wird die Tür aufgerissen und dieses Monster von vorhin steht im Zimmer. Er verschließt gerade noch seinen Gürtel und sieht mich mit eisiger Wut an. Er kommt auf mich zu, packt meine Haare und zerrt mich aus dem Zimmer. Ich stolpere, kralle mich in seine Hände und trete um mich in meiner Panik. Ich will nicht die Nächste sein, die der Kerl auf einen Tisch schnallt. Er flucht laut, als ich sein Schienbein treffe, lässt meine Haare los, ich stürze und lande auf meinem Hintern. Und da passiert es. So war das nicht geplant! Mit weit aufgerissenen Augen sehe ich den kleinen schwarzen Stift über den Boden rollen. Er ist aus meinen Haaren gefallen und der Kerl sieht ihn auch, verfolgt ihn mit den Augen und hebt ihn auf, als er liegen bleibt.

»Verfickte Schlampe«, brüllt er und starrt ungläubig auf das Mikrofon in seiner Hand. Mit einem großen Schritt ist er wieder bei mir, packt wieder meine Haare und zerrt mich die Treppe nach unten. Mein Hintern macht schmerzhaft Bekanntschaft mit jeder einzelnen Stufe. Aber ich habe keine Angst, noch registriere ich den Schmerz. Das alles ist mir egal in diesem Augenblick. Das, was ich jetzt fühle, das ist der Frieden, der einen im Augenblick des Todes ergreift. Und mein Tod steht bevor.

Diesen Verrat wird Ronny nicht über sich ergehen lassen. Und ich werde mit der Erkenntnis sterben, dass ich Logan und seinen Männern zumindest sagen konnte, wo sich dieses Haus befindet, auch, wenn ich nicht genug gesehen habe, um noch mehr solcher Häuser zu finden oder Ronny gar des Mordes zu überführen, so dass er nie wieder aus dem Gefängnis kommt. Die Zeit hat nicht gereicht für mehr Beweise.

»Was ist hier los, Dexter?«, will Ronny wissen und kommt mit großen Schritten aus seinem Büro. Als er sieht, wie einer seiner Männer mich über den Boden schleift, runzelt er erst die Stirn und zieht dann eine Pistole unter seinem Jackett hervor. »Das ist meine Tochter«, setzt er den Mann in Kenntnis. Kann es sein, dass Ronny McCraw Verwandtschaft wirklich etwas bedeutet? Ich will schon erleichtert aufatmen, aber dann senkt er die Pistole wieder.

Ich schiele zu dem Mann nach oben, der meine Haare in seiner Hand hält. Seine andere Hand hält fast schon triumphierend das Mikrophon hoch. Ronny zerrt mich auf meine Beine, und kaum dass ich stehe, trifft mich seine Faust mitten auf mein Auge. Ich keuche auf, taumle rückwärts und halte mir die schmerzende Stelle. »Warum schlagt ihr Männer Frauen immer ins Gesicht«, keife ich zornig.

»Wie du willst«, sagt Ronny, holt erneut aus und treibt seine Faust tief in meinen Magen. Mein Blickfeld wird an den Rändern schwarz, dann breche ich um Luft ringend auf dem Fliesenboden zusammen. Vor meinem inneren Auge flattern die Bilder meines letzten Abends im *Destiny* auf, bevor ich in diesem Schlamassel gelandet bin.

* * *

»Bist du dir wirklich sicher?«, will Logan wissen und sieht mich besorgt an. Ich stehe nur in meiner Unterwäsche vor ihm und er hält mein Gesicht in seinen Händen. Seine Daumen streichen beide über meine Lippen. Ich liebe es, wenn er das tut. Ich schließe seufzend die Augen und nicke.

»Ganz sicher.« Ich öffne meine Augen wieder und lächle zu ihm auf. »Ich muss das tun.«

»Also gut«, sagt er und küsst mich zärtlich. »Ich will, dass du weißt, dass ich nicht einverstanden damit bin, dass du dich einem solchen Risiko aussetzen willst. Mit McCraw ist nicht zu spaßen. Wenn er entdeckt, dass du eine Wanze bei dir trägst, wird er dich umbringen, oder schlimmer.«

Ich weiß ziemlich genau, was Logan mit »oder schlimmer« meint. Aber es ihn sagen zu hören, versetzt mich plötzlich doch in Angst. Noch könnte ich zurück, aber das wäre als würde ich Ivy zum Tode verurteilen. Wenn es eine Chance gibt, sie zu retten, dann muss ich sie ergreifen. Mit dem Gedanken, aus Angst gekniffen zu haben und vielleicht für ihren Tod verantwortlich zu sein, könnte ich nicht leben. »Eigentlich überlege ich sogar, dich irgendwo einzusperren. Ich lass das nur zu, weil du es willst und weil du es mir nicht verzeihen würdest, wenn ich dich nicht gehen lasse.«

Er küsst mich wieder, intensiver dieses Mal. Er scheint all seine Sorge um mich in diesen Kuss zu legen. Die Stimmung zwischen uns ist ganz merkwürdig. Die Leidenschaft, die sich langsam zwischen uns aufbaut, besteht nicht aus Gier. Vielmehr ist sie von Verlustangst und Panik geschwängert. Seine Zunge streichelt über meine Lippen und schiebt sich in meinen Mund. Ich schmiege mich in diesen Kuss. Lege meine Hände auf Logans Brust und erforsche die Rundungen seiner Muskeln. Er schabt mit seinen Zähnen über meinen Unterkiefer, knabbert an der weichen Haut über meinem Puls. Sein Atem ist heiß und geht schwer. Ich kann sein Herz unter meinen Fingern rasen spüren. Er löst sich von mir und sieht mich aus dunklen Augen an. Wenn er mich so ansieht, dann weiß ich, dass er mich wirklich liebt. Kein Mann kann dich so ansehen und es nicht ernst meinen. »Sag ja«, befiehlt er mir heiser.

Ich lächle. »Vielleicht das letzte Ja.«

Er sieht weg, dann zieht er mich wieder an sich, küsst meinen Hals und saugt an meinem Ohrläppchen. Ein Kribbeln verteilt sich in meinem ganzen Körper, lässt die kleine Perle zwischen meinen Schenkeln erwartungsfroh zucken. Egal wie die Sache ausgeht, es wird das letzte Mal sein. Danach endet unser Deal oder schlimmer. Ich schicke die Gedanken weit weg. Jetzt möchte ich nur fühlen. Logans Hände streichen meinen Rücken hoch und öffnen meinen BH. Mit zärtlichen Fingern streift er die Träger von meinen Schultern. Der BH fällt zu Boden. Logan sieht mich an, in seinen Augen glüht

Leidenschaft, aber sie ist anders, als die, die ich von ihm kenne. Vielleicht kommt das davon, weil wir beide wissen, dass es hiernach kein weiteres Mal mehr geben wird. Vielleicht kommt es auch davon, weil wir beide wissen, was am Ende dieser Nacht auf uns wartet. »Ich lass das nur zu, weil ich verstehe, dass du das tun musst«, murmelt er an meinem Hals.

Logan hebt mich auf seine starken Arme und geht mit mir auf mein Bett zu. Er legt mich sanft ab, beugt sich über mich und küsst meinen Bauch. Hitzewellen breiten sich von dort in meinen Unterleib aus und Erregung fließt zäh in jeden Winkel meines Körpers. Seine Zunge malt Muster auf meine empfindliche Haut. Ich stöhne leise, wiege meinen Unterleib hin und her. Er zieht mir das Höschen von meiner Taille, auf seinem Weg nach unten küsst er jeden Zentimeter Haut, auch die pochende Stelle zwischen meinen Beinen. Er taucht seine Zunge zwischen meine Schamlippen und leckt die Feuchtigkeit stöhnend auf, dabei beobachtet er genau meine Reaktion. Ich kann das zufriedene Lächeln an meiner Scham spüren, als ich laut aufstöhne. Er legt sich meine Unterschenkel auf die Schultern.

Er sieht mich ernst an. »Ich liebe dich, Hope. Das tue ich wirklich. Ich werde nicht zulassen, dass dir was passiert«, sagt er, bevor er meine Schamlippen mit seinen Daumen öffnet und mit seiner Zunge durch meine Spalte fährt. Ich werfe den Kopf von einer Seite auf die andere und winde mich unter seinen Zungenschlägen. Er führt einen Finger in mich ein. Meine Hüfte bewegt sich an seinem Mund, treibt ihn dazu, weiter und schneller zu lecken. Warme Wellen breiten sich überall aus. Meine Glieder fangen an zu kribbeln und mein Unterleib zieht sich schmerzhaft zusammen. Ich stöhne Logans Namen, er schiebt einen zweiten Finger in mich, krümmt sie und findet den geheimen Punkt in meinem Inneren, der mich über die Schwelle katapultiert und mich zuckend kommen lässt. Logan schiebt sich langsam mit einem wölfischen Grinsen an meinem Körper hoch. Er küsst mich, lässt mich meine Lust schmecken, dann legt er seine feuchten Lippen um eine meiner Brustwarzen, kratzt mit seinen Zähnen über die Knospe und saugt sie dann heftig in seinen Mund ein. Ich bäume mich auf, schreie und genieße, wie der Schmerz durch meinen Körper zieht. Logans Zunge vertreibt den Schmerz, dann beißt er abermals und saugt. Ich vergrabe meine Hände in seinem Haar und dränge mich seinem Mund entgegen. Meine vor Erregung feuchte Stelle zwischen meinen Beinen reibe ich über den Oberschenkel, den er mir zwischen die Beine geschoben hat.

»Komm auf meinem Schenkel«, flüstert er und drückt seine harten Muskeln stärker gegen meine Mitte und lässt mich ein weiteres Mal explodieren. »Du siehst wunderschön aus, wenn du für mich kommst.«

Sein Blick verdunkelt sich, als er seinen zweiten Schenkel zwischen meine schiebt und mich für sich öffnet. Er hebt meine Hüften an und bringt seine Erektion an meinen Eingang. Logan schiebt sich ganz langsam in mich, weitet mich Zentimeter um Zentimeter, dehnt mich mit einer Langsamkeit, die mich wahnsinnig macht, weil sie die Empfindungen so verstärkt. Ich kann seine Größe überdeutlich fühlen, wie er mich ausfüllt, dann an meine innere Barriere stupst und beginnt, sich langsam wieder zurückzuziehen. Ich dränge ihn dazu, sich schneller zu bewegen, aber er schüttelt den Kopf. »Wir haben Zeit. Ich will dich genießen, will genau sehen, wie die Erregung sich in dir aufbaut. Dein Anblick macht mich so unglaublich heiß. Hope, ich will dich so sehr, dass es mich umbringt.«

»Logan«, wimmere ich und bewege ungeduldig meinen Unterleib. »Ich liebe dich auch, aber im Moment will ich nur, dass du etwas an Tempo zulegst.« Er lächelt mich an und ich lächle frustriert zurück, weil ich weiß, dass er beim Sex gerne das Sagen hat und er mich dafür bestrafen wird. Und das tut er auch. Er zieht sich aus mir raus und dreht mich auf den Bauch. Er stopft ein Kissen unter meinen Bauch und legt eine Hand in meinen Nacken, die meinen Oberkörper auf der Matratze fixiert, dann schiebt er sich wieder in mich. Seine Hand landet hart auf meinem Hintern, ich atme zischend ein und genieße das Gefühl, wie sich das Brennen in meinem Körper ausbreitet.

»Und jetzt nochmal langsam«, sagt er und bewegt sich wieder ganz gemächlich in mir, treibt mich damit in einen Zustand der Frustration, Hilflosigkeit und Erregung, der mich willenlos zum Beben bringt. Ganz langsam steigert sich die Erregung in mir, wird von Schlägen auf meinen Hintern unterbrochen und zugleich höher getrieben. Ich spüre die Reibung seines Schwanzes tief in mir, seine Hoden tätscheln zärtlich meine Schamlippen, wenn er ganz tief in mir ist. So langsam und intensiv habe ich nie zuvor den Gipfel erklommen. Und so heftig und lange bin ich auch noch nie explodiert. Welle um Welle wird mein Körper geschüttelt, ich merke kaum, wie Logan hinter mir erstarrt und mit mir zusammen kommt. Er lässt sich neben mich fallen und zieht mich an seine heftig zitternde Brust. »Ich lass nicht zu, dass du stirbst«, sagt er. »Ich will nur, dass du weißt, dass ich dagegen bin.«

»Ich weiß, hast du schon erwähnt«, sage ich, umklammere den Arm, der meinen Körper hält wie ein Schraubstock.

Die Sachen, die ich nach unserer gemeinsamen Dusche anziehe, sind nichts Besonderes. Für das, was ich tun werde, muss ich nicht gut aussehen. Ich muss nur funktionieren und hoffen, dass alles so läuft, wie es geplant ist. Logan hat mir mehrfach erklärt, dass er Bob vertraut, aber nicht seinen Ex-Kollegen von Scotland Yard. Denen ginge es nur darum, Ronny McCraw endgültig wegzusperren.

Er hält meine Hand in seiner, als er mich in das Esszimmer führt, wo Ethan, Dimitri, Bob und fünf Männer von Scotland Yard warten. Es ist jetzt 23:00 Uhr, zeigt die große Uhr an der Wand über dem Tisch, auf dem sonst der Kaffee steht. Heute liegen überall Papiere im Raum verteilt, eine Art Radioanlage steht auf dem Esstisch und eine Frau, von der ich vermute, dass sie auch beim Scotland Yard angestellt ist, wartet hinter einem Stuhl auf mich.

Bob hat mir vorhin die Männer vorgestellt, aber ich bin so nervös gewesen, dass ich mir die Namen nicht gemerkt habe. Aber der ältere, der wohl auch derjenige ist, der das Sagen hat, heißt Fisher.

»Setzen Sie sich dort hin«, sagt er und zeigt auf den Stuhl vor der Frau. »Das ist Catherine, sie wird Ihnen das Mikrofon jetzt in die Haare frisieren und Ihnen zeigen, wie Sie das selbst auch hinbekommen. Es ist wichtig, dass Sie es in den Haaren haben, denn die werden die Kerle nicht filzen. Ich denke nicht, dass die Idioten so weit denken, nach einem Mikrofon in den Haaren einer Frau zu suchen.«

»Wie sicher sind Sie sich da?«, brummt Logan unwillig. Er hat sich einen Stuhl mir gegenüber gestellt und hält weiter meine Hand. Diese Geste beruhigt mich sehr. Und es fühlt sich gut an, zu sehen, wie besorgt er um mich ist.

»Ziemlich sicher, oder haben Sie schon mal die Haare einer Frau gefilzt? Wer auch immer sie durchsucht, wird von dieser engen Jeans genug abgelenkt sein. Ehe er an die Haare denkt, ist sein Blut in tiefere Regionen abgetaucht.«

Logan springt auf und will auf Fisher zustürmen. Dimitri kann ihn gerade so zurückhalten. »Überlegen Sie sich, wie Sie von meinem Mädchen sprechen«, brüllt Logan mit donnernder Stimme, dann setzt er sich wieder zu mir.

»Hast du gerade gesagt, ich wäre dein Mädchen?«

»Ist mir so rausgerutscht«, sagt er grinsend, beugt sich vor und küsst mich, während Catherine an meinen Haaren herumzupft.

»Du musst versuchen, dich gut im Haus umzusehen, alles was brauchbar ist, um die Bande hochzunehmen«, sagt Bob. »Und gib uns durch, wo sie dich hinbringen. Markante Gebäude, vielleicht ein Straßenname.«

»Und wenn sie mir die Augen verbinden?«

»Versuch sie zu überzeugen, dass das nicht nötig ist, immerhin gehst du freiwillig mit. Dieser Ronny hat sich auf den Deal mit dir eingelassen, ich vermute, er ist scharf darauf, seine Tochter kennenzulernen.«

»Ich hoffe, dieses Kennenlernen bleibt oberflächlich«, werfe ich ein. Ich bekomme die Worte meiner Mutter nicht aus den Kopf, die Angst hatte, er könne sich auch an mir vergreifen, und deswegen erst vor ihm geflohen war.

»Keine Angst, sobald irgendetwas in der Art über dieses Mikrofon reinkommt, dann werde ich dieses Haus stürmen, Beweise hin oder her. Ich lasse nicht zu, dass ein anderer Kerl dich anfasst.« Logan sieht mir in die Augen und ich kann das »Nie wieder«, das er denkt, schon fast in meinem Kopf hören. Ich nehme eine seiner Hände, hebe sie an meine Lippen und küsse die Fingerknöchel. Jeden einzeln.

»Und wenn ich euch nicht sagen kann, wo ich bin? Wie könnt ihr dann schnell genug da sein?«

»Du musst es einfach tun.« Logan rutscht unruhig auf seinem Stuhl herum. »Ich fände auch besser, wenn du es lässt. Nicht nur, weil deine Mutter mich umbringen wird, wenn sie hiervon erfährt.«

»Das wird sie nicht, weil nichts schiefgehen wird. Versprich mir nur, dass du dich um Ivy kümmerst.«

»Fertig«, sagt Catherine und legt ihre Hände auf meine Schultern.

Logan schielt nach oben, dann sieht er mich an. Zum ersten Mal sehe ich richtige Angst in seinem Blick und das schnürt mir die Brust zu, weil er Angst um mich hat. »Ich liebe dich auch«, sage ich.

* * *

»Was ist passiert?«, will Andrew wissen, als ich langsam zu mir komme. Er steht in der Tür, die Stirn gerunzelt und die Hände in den Taschen seiner schwarzen Stoffhose.

Ich sehe zu ihm auf, noch immer um Atem ringend und mit den Tränen kämpfend. Mein Magen zieht sich krampfhaft zusammen und ich würge. Ich muss alle Kraft aufwenden, die ich noch habe, um auf Andrew zuzukriechen. Ich kralle mich in seine Jeans und ziehe mich an seinem Körper nach oben.

»Sie hat uns ausspioniert«, sagt Ronny wütend.

»Damit war zu rechnen«, entgegnet Andrew trocken und hilft mir auf. Ich schlinge ihm die Arme um den Hals und lege meine Lippen an sein Ohr. Er hält mich fest umschlungen.

»Lauf!«, flüstere ich flehend. »Verschwinde hier, jetzt!« Ich lasse ihn wieder los und taumle rückwärts, dabei sehe ich ihn mit ernstem Blick an und forme mit den Lippen noch einmal »Lauf!«

Er sieht Ronny an und grinst. »Ihr kommt schon klar«, dann dreht er sich um und verschwindet aus meinem Blickfeld. Keine zwanzig Sekunden später wird die Haustür aufgebrochen, knallt mit einem lauten Krachen gegen die Wand. Männer in schwarzen Stiefeln, Schutzwesten und mit Waffen in den Händen stürmen in das Haus und brüllen Befehle.

»Alle auf den Boden! Hände hinter den Kopf! Gesicht in den Dreck!«

Irgendwo fallen mehrere Schüsse, ich werfe mich auf den Boden und drücke mich flach gegen die Dielen. Jemand packt meine Haare, reißt mich wieder hoch und drückt meinen Rücken gegen seine Brust, dann spüre ich den kalten Lauf einer Waffe an meiner Schläfe. Mein Puls rast und ich versuche mich loszureißen. Die Waffe wird mit mehr Druck gegen meinen Kopf gedrückt.

Logan taucht vor mir auf und sieht mich schockiert an, vor seiner Brust hält er eine Waffe, deren Lauf auf den Mann hinter mir zeigt. Ronny McCraw. Der Mann, der behauptet, Familie wäre ihm wichtig, drückt mir – seiner Tochter – eine Pistole an den Kopf. Das Monster, das mich ins Büro gezerrt hat, steht rechts von mir und richtet seine Waffe auf Logan. Ich schließe die Augen, sehe Logan schon vor mir auf dem Boden liegen, ein Schuss fällt, jemand ächzt. Ich öffne die Lider einen Spalt breit und atme erleichtert aus. Es ist das Monster, das mit einem schwarzen Loch in der Stirn und weit aufgerissenen Augen zu meinen Füßen liegt. In dem

Moment, in dem ich begreife, dass dort ein Toter mit einer Kopfwunde liegt, fängt mein Magen wieder an zu krampfen. Ich würge, beuge mich nach vorne und der nächste Schuss kracht. Ronny reißt mich mit sich zu Boden. Panisch trete und strample ich um mich, als mein Gesicht auf dem des Monsters landet.

»Schon gut«, höre ich Logan sagen. Er hilft mir auf, drückt mein Gesicht gegen seine Schulter und nimmt mir die Sicht auf die Umgebung. Ich höre Männer Befehle schreien, höre Flüche und weinende Frauen. Die Welt um mich herum scheint im Chaos zu versinken und ich bin am einzigen Ort, der Schutz, Ruhe und Entspannung verspricht.

»Du bist da.«

14. Kapitel

Destiny

Ich halte Ivy in meinen Armen. Nur so kann ich sichergehen, dass sie real ist. Dass sie wieder zu Hause ist und all dieses Grauen, das ich gesehen habe, kein Traum war. Ich atme den Duft ihres Haares ein und den Geruch meiner Bettwäsche, nur um sicherzugehen. Aber alles ist echt und genau hier neben mir. Ivy geht es gut, ihr wurde nichts angetan. Ronny McCraw mochte wohl wirklich keine beschädigte Handelsware.

Ich verkneife mir ein hysterisches Lachen. Das bedeutet nämlich auch, dass die Mädchen im Hochbett nicht weggebracht werden sollten, um verkauft zu werden. Sie waren nämlich beschädigt und deswegen wohl in Ronnys Augen keine Handelsware mehr. Wahrscheinlich sollten sie sterben, weil kein Freier Geld für Frauen mit fauligen Zähnen ausgibt. Seine Sklaven mit Drogen gefügig zu machen, hat also auch seine Nachteile.

»Ich kann nicht glauben, dass er tot ist«, sage ich schwach.

Ivy streichelt meine Hand, die auf ihrem Bauch liegt. »Ich könnte verstehen, wenn du trauerst«, sagt sie und dreht den Kopf in meine Richtung.

»Nein, das ist es nicht. Es fühlt sich nur komisch an, zu wissen, dass er nicht mehr da ist.«

»Weil die Bedrohung weg ist?«

»Ja«, sage ich.

»Morgen früh wird es sich anders anfühlen. Dann weißt du, dass alles echt war. Im Moment hält der Schock es noch zurück. Du hättest das nicht tun sollen«, sagt Ivy jetzt. »Auch nicht für mich. Du warst die Einzige von uns mit einem normalen Leben. Menschen wie du sollten solche Dinge nicht sehen müssen.«

»Ich musste«, sage ich. »Du bist meine Schwester.«

Ivy dreht sich zu mir um und nimmt mich in den Arm. »Danke.«

Ich schniefe in ihre Haare. »Wenn du mir das nächste Mal etwas zum Geburtstag besorgen willst, bestell es im Internet«, sage ich.

»Wird gemacht. Und danke, dass ich bei dir schlafen darf.«

»Nein, ich muss dir danken. Ohne dich würde ich den Verstand verlieren.« Ivy wischt mir vorsichtig eine Träne von der Wange und bemüht sich, mein Veilchen nicht zu berühren. Es ist tiefste Nacht und keine von uns schafft es zu schlafen. In Ivy haben die Geschehnisse die alten Wunden wieder tief aufgerissen, genauso, wie ich befürchtet habe. Und ich kann die Augen nicht schließen, ohne die toten Augen von Dexter zu sehen und dieses hässliche Loch in seiner Stirn. Und Ronnys schlaffen Körper, der in einen Leichensack gesteckt wird. In meinen Ohren schrillen die Schreie der Mädchen wider, die von Beamten und Sanitätern befreit wurden. Alle waren in einem so schlechten Zustand, dass man sie in Kliniken bringen musste. Bob sagt, dass Scotland

Yard das Haus durchsucht hat, aber leider gibt es keine Hinweise auf andere Häuser, dabei wissen sie, dass es noch mehr gibt. Andrew könnte helfen, diese Häuser zu finden, aber er ist entkommen. Ich habe Adrienne noch nicht von ihm erzählt. Aber das werde ich tun müssen. Vielleicht hat Logan sie schon darüber in Kenntnis gesetzt, aber ich würde mich besser fühlen, wenn ich mit ihr darüber reden könnte.

»Bekommt man die Bilder jemals aus dem Kopf«, frage ich.

»Niemals.«

Ich kuschle mich enger an Ivy und gemeinsam lauschen wir der Stimme, die aus einem Nora-Roberts-Buch vorliest. Wir lauschen ihr schon seit Stunden. Es hilft, die Schreie in meinem Kopf zu dämpfen und die Gedanken auf etwas anderes als das zu richten, das ich gesehen habe. Ivy hat mir das Hörbuch vorgeschlagen. Das ist ihr Weg, der realen Welt zu entfliehen. Vielleicht wird es auch mein Weg.

Es ist Morgen, als ich aufstehe. Außer Ivy war niemand bei mir gewesen, dafür bin ich meiner Mutter dankbar, denn ich habe diesen Abstand von allem gebraucht. Die Bilder in meinem Kopf sind nicht verschwunden, aber sie sind nicht mehr so scharf. Ich gehe in das Esszimmer, weil ich mich nach einem heißen Kaffee sehne. Es ist sehr ruhig im *Destiny*, so als wären alle ausgeflogen. Niemand befindet sich auf dem Gang, auch das Esszimmer ist leer. Jeder scheint irgendwie mit dem fertig werden zu müssen, was dieses Haus in den letzten Wochen erschüttert hat. Vielleicht schlafen sie auch alle noch. Ich schenke mir Kaffee ein und setze mich an den Tisch. Hier sieht alles aus wie immer. Das Chaos aus Technik und Papieren ist verschwunden. Seit wir zurück sind, habe ich auch noch nicht mit Logan gesprochen. Irgendwann muss ich mich ihm stellen. Unser Deal ist beendet. Vielleicht wäre es aber besser, wenn er einfach geht. Ohne Abschied.

Meiner Mutter muss ich mich auch noch stellen. Ich weiß nicht, was sie tun oder sagen wird, weil ich mich auf dieses waghalsige Abenteuer eingelassen habe. Vielleicht gar nichts, so wie früher auch. Ich trinke den warmen Kaffee und seufze, weil der Geschmack sich belebend auf meine Sinne auswirkt. Egal was sie sagen wird, ich bereue nicht, was ich getan habe, trotz der Bilder in meinem Kopf.

»Hallo Kleine.« Ethan kommt herein, nimmt sich eine Tasse und schenkt sich Kaffee ein. Er setzt sich mir gegenüber, legt die Unterarme auf den Tisch, um seine Tasse herum, und verschränkt die Finger ineinander. »Ich denke, du bist die Frage leid, aber trotzdem, wie geht es dir?«

Ich versuche mich an einem Lächeln. »Gut, und dir?«

Er wiegt den Kopf hin und her. »Ehrlich gesagt, es ging mir schon besser. Mir bekommt es nicht, wenn ich eine Frau sehe, die so ein Veilchen im Gesicht hat wie du. Und mir selbst bekommen solche Veilchen auch nicht.« Er beugt sich weiter über den Tisch. »Sieh dir das an! Wer ramponiert denn so ein schönes Kinn?« Er tippt mit einem Finger gegen sein Kinn. Ich kneife mein nicht lädiertes Auge zusammen, um etwas zu sehen, was wohl gar nicht da ist.

»Ja, das ist wirklich grauenvoll«, bestätige ich. »Ich kann den Fleck fast erahnen.«

»Wahrscheinlich hast du recht. Der Typ war ein Schwächling, gut dass er jetzt im Knast Zeit hat, etwas für seinen Körper zu tun.«

»Schlafen alle noch?« Ich nehme einen Schluck von meinem Kaffee. Mein Magen hat seit vorgestern nichts mehr zu Essen bekommen. Gerade könnte ich nicht sagen, ob er deshalb so gegen den Kaffee rebelliert oder wegen der Dinge, die ich erlebt habe. Aber ich ignoriere dieses flaue Gefühl im Magen, weil ich meinen Kaffee jetzt brauche.

»Ein paar sind in ihren Zimmern, die meisten anderen Mädchen sind in den Krankenhäusern und kümmern sich um die Opfer. Ihr seid bewundernswerte Frauen, ihr alle.«

Ich ringe mir noch ein Lächeln ab. »Und Logan?«

»Schreibkram.«

»Wird meiner Mutter etwas passieren, weil sie das Geld genommen hat?«

Ethan schüttelt den Kopf. »Welches Geld?«

»Okay«, sage ich erleichtert. »Ich werde dann mal das tun, was normale Menschen so tun, arbeiten gehen.«

»Ich fahre dich«, sagt Ethan.

»Das musst du jetzt nicht mehr.«

»Ich denke, doch. Dein Auge ist eine Katastrophe, ich lasse dich nicht andere Menschen gefährden.«

* * *

»Ich kann nicht glauben, dass du so etwas getan hast«, sagt Jen und mustert mich mit besorgt gerunzelter Stirn. Ich habe auch Richard von dem erzählt, was passiert ist. Immerhin habe ich ein paar Tage gefehlt und ich finde, ein Arbeitsverhältnis ist auch ein Vertrauensverhältnis, weswegen ich Ethans Angebot, den Doc um eine Krankschreibung zu bitten, abgelehnt habe. Richard hat meinen Ausführungen genauso erstaunt zugehört, wie Jen es gerade getan hat. Und darüber zu reden, mit Menschen, die nicht in die Sache verwickelt waren, das hat sich irgendwie gut angefühlt. Sich die Dinge von der Seele reden. Ja, ich denke, so könnte man es nennen.

»Na ja, wenn ich jetzt darüber nachdenke, fühlt es sich gar nicht mehr so beängstigend an.«

Jen trinkt nachdenklich von ihrem Kaffee und lässt ihre Beine baumeln. Sie sitzt wie immer auf meinem Schreibtisch und das hat etwas herrlich Normales, dass ich lächeln muss. »Eigentlich ist das immer so. Im Nachhinein, sieht alles anders aus. Besser. Das ist nur die Erleichterung, weil man es überstanden hat. Wenn du mal raus musst, dann kannst du bei mir wohnen.«

»Danke, vielleicht komme ich darauf zurück.«

»Wir sollten shoppen gehen. Es gibt kein besseres Heilmittel«, schlägt sie vor.

»Oder wie wäre es mit einer Paarmassage«, werfe ich grinsend ein.

»O ja, ist dein Nacken auch verspannt?«

»Jeder Muskel ist steinhart.«

Jen rutscht von meinem Schreibtisch. »Ich mache uns gleich einen Termin. Da gibt es dieses indische Massagestudio, das ist so was von Zen.«

»Ist Zen nicht chinesisch?«

»Ja, schon, aber die Inder beherrschen das auch.«

»Also zenisches Ayurveda«, schlage ich vor. »Das klingt gut.«

»Und wie. Und dein schnuckeliger Bodyguard darf uns gerne begleiten. Wie der wohl unter seinen Klamotten aussieht. Nur in ein Handtuch gewickelt, das von seinem Körper gerade einmal das verbirgt, was zum Ende ein Geheimnis bleiben sollte«, sagt sie mit verträumtem Blick und sieht zum Fenster raus, wo Ethans SUV steht.

»Das werden wir herausfinden, schließlich weicht er mir nicht von der Seite, was bedeutet, er muss mit uns indisches Zen erleben.«

»Das ist gut so. Halt die Hundeleine immer schön kurz«, bestätigt Jen und ich muss lachen. Es ist komisch, dass sich auf einmal das Leben außerhalb des *Destiny* viel normaler anfühlt. In den vier Jahren in London habe ich nicht ein einziges Mal so gefühlt. Vielleicht würden mir ein paar Tage bei Jen wirklich gut tun. In Danas Wohnung kann ich vorerst ja nicht zurück. Und wenn im *Destiny* alles wieder seinen normalen Gang geht und Ronny McCraw in Vergessenheit geraten ist, dann kann ich wieder zurückkehren. Vielleicht kann ich bei Jen auch erst einmal lernen, wie ich Logan in die Vergessenheit dränge. Im *Destiny* sollte das schwierig werden, wenn ich überall, wo ich mich im Haus hinbewege, daran erinnert werde, wie es sich anfühlt, von ihm berührt zu werden.

Zuerst habe ich darüber nachgedacht, Logan all die Gründe aufzuzählen, warum unser Exklusivvertrag noch nicht zu Ende sein kann, aber dann ist mir klar geworden, wie lange ich schon versuche, für Logan etwas anderes als ein Geschäft zu sein und dass ich es nicht geschafft habe, ihn zu überzeugen, seine Angst abzulegen. Also habe ich beschlossen, das Ende unseres Vertrages zu akzeptieren. Ich gebe den Kampf auf, weil man schneller von einer Sache loskommt, wenn man sie gehen lässt. In ein paar Tagen, wenn Logan und seine Männer das *Destiny* verlassen haben, dann kann ich wieder zurückgehen, ohne Gefahr zu laufen, dass mein Magen jedes Mal einen Aufruhr veranstaltet vor lauter Angst, Logan im *Destiny* über den Weg zu laufen.

»Wann darf ich bei dir einziehen?«, frage ich Jen mit einem vorsichtigen Lächeln. Sie steht schon an der Tür, die mein Büro von ihrem trennt.

»Wie wäre es mit heute?«, sagt sie lächelnd. Und dann tritt etwas Aufgeregtes in ihr Gesicht. »Ich wollte schon immer eine Mädchen-WG, wo wir Haare flechten, abends vor dem Fernseher Wein trinken und über Männer ablästern.«

»Dann ist es ja gut, dass du mich hast. Ich kenne mich mit Mädchen-WGs aus.«

15. Kapitel

Destiny

Ich klopfe an Adriennes Bürotür und trete ein. Sie sitzt auf dem kleinen Sofa, das Fotoalbum in den Händen und sieht zu mir auf, als ich reinkomme. Ich setze mich neben sie und überlege, was ich ihr sagen soll. Irgendwie habe ich gehofft, dass sie mich wütend anschreien wird. Aber sie scheint wieder die alte Adrienne zu sein, die, die sich hinter einer steinernen Maske verbirgt.

»Als wir dieses Foto gemacht haben«, sagt sie, »warst du fünf und dir ist gerade klar geworden, dass wir keine normale Familie sind, weil deine Freunde im Kindergarten alle nur mit ihren Eltern und ein bis zwei Geschwistern zusammenleben.« Sie zeigt auf ein Bild, das uns alle im Esszimmer am Tisch zeigt. Ein paar der Gesichter auf dem Foto erkenne ich nicht einmal mehr. Die meisten Mädchen bleiben nicht lange im *Destiny*, nur bis sie dazu in der Lage sind, sich ein eigenes Leben aufzubauen. Sie kommen dann noch eine Weile immer mal vorbei, um zu zeigen, dass sie uns nicht vergessen haben und wie dankbar sie uns sind. Aber ein paar, so wie Ivy oder Belle, die bleiben lange. Belle, um zu helfen, meine Mutter und das *Destiny* zu unterstützen. Und Ivy, weil sie unsere Unterstützung braucht.

»Ich war damals unheimlich stolz, dass unsere Familie anders ist«, sage ich. Ich tippe auf ein anderes Foto. »Kannst du dich noch daran erinnern? Dana hat mir Bridge beigebracht und danach nie wieder mit mir Karten gespielt, weil ich nicht verlieren konnte und die Regeln immer neu aufgestellt habe.«

»Du warst schon immer eine schlechte Verliererin. Wieso gibst du bei Logan auf?«

Ich sehe sie erstaunt an. Ich habe ihr am Nachmittag von meinem PC im Büro aus eine Nachricht geschrieben, um ihr zu sagen, dass ich ein paar Tage zu Jen ziehen werde. Sie hat nicht darauf geantwortet, aber diese Nachricht offensichtlich durchschaut. Ich verziehe das Gesicht zu einem Lächeln. »Du kennst ihn und seine Regeln doch. Wir hatten eine Abmachung und ich versuche nur, mich einmal daran zu halten. Keine Angst, ich komm zurück, wenn du die Kerle aus dem Haus geschmissen hast.«

»Eigentlich habe ich darüber nachgedacht, ihn zu erwürgen, weil er zugelassen hat, dass du so etwas Dummes tust.«

»Das hat er nicht. Ich hab mich nur nicht abhalten lassen von ihm.« Ich sehe meine Mutter an, aber da ist nichts: keine Verärgerung, kein Zorn, keine Enttäuschung. Alles wie immer. »Ich muss dir noch etwas sagen.«

»Ich weiß von deinem Ausflug in die Prostitution«, sagt sie und lacht leise.

»Und du bist nicht sauer?« Eigentlich wäre ich schon fast erleichtert, wenn sie wütend sein würde.

Immerhin musste sie doch wütend sein, weil sie mir Freier mein Leben lang untersagt hat. Und weil sie nie wollte, dass ich meinen Körper verkaufe. Und wenn sie irgendein Gefühl zeigen würde, wüsste ich, dass sie sich nicht wieder in sich selbst verkrochen hat.

»Nein, bin ich nicht. Ich weiß auch, dass es ein Versehen war.«

»Dann wirst du vielleicht wütend, wenn ich dir erzähle, dass mein Ausrutscher Andrew heißt und Danas Sohn ist.«

Meine Mutter wird blass und ihre Gesichtszüge entgleisen. Sie lässt das Fotoalbum von ihrem Schoß rutschen und sieht mich erschrocken an. »Wir haben ihn viele Jahre gesucht. Selbst die Polizei hat versucht, die Kinder zu finden, die Ronny uns Frauen weggenommen hat. Aber sie waren wie vom Erdboden verschluckt.«

»Wie viele waren es denn?«

»Zwei zu unserer Zeit. Andrew und ein Mädchen.«

»Ronny hat gesagt, er hat Andrew adoptiert und ihm wäre seine Familie wichtig. Und soweit ich das beurteilen kann, geht es Andrew gut. Vielleicht hat er ihnen wirklich irgendwo ein normales Leben ermöglicht. Ich denke, er hat sie nicht in Kinderhändlerringe gesteckt, wie du geglaubt hast. Deswegen wollte er wohl auch mich haben, damit seine merkwürdige Familie komplett ist. Zuerst wollte er aber wohl dich haben, er hat dir sogar einen Klimt stehlen lassen.«

»Was?«

»Ja, er hat gesagt, er hat dich immer geliebt. Wahrscheinlich auf seine eigene irre Weise.«

»Und Andrew, weißt du, wo er ist?«

Ich schüttle den Kopf. »Ich hab ihn weggeschickt, bevor das Haus gestürmt wurde. Aber wenn er das will, kann er uns finden. Er weiß ja wo.«

Meine Mutter schlingt ihre Arme um mich und zieht mich an sich. »Danke«, sagt sie. »Weil du ihn gerettet und mir von ihm erzählt hast.« Sie löst sich von mir und lächelt über die Tränen in ihrem Gesicht hinweg. »Auch wenn es komisch ist, dass ihr Sex hattet und er ja eigentlich fast so etwas wie dein Bruder ist.«

Ich verziehe das Gesicht. »Ja, du auch noch. McCraw hat das auch schon gesagt. Irgendwie hab ich mit Männern wohl kein Glück.«

»Unter uns sind wir Frauen sowieso viel stärker. Es wird Zeit für das Abendessen«, sagt meine Mutter.

Ich sehe auf die Uhr. »Wir haben noch dreißig Minuten. Ich geh schnell unter die Dusche. Irgendwie gut, dass ich meine Koffer noch nicht ausgepackt habe, dann muss ich sie jetzt nicht schon wieder einpacken. Als hätte ich es geahnt.«

Adrienne schüttelt lachend den Kopf. »Mir wäre lieber, du packst sie aus und klärst das mit Logan. Hast du seitdem überhaupt schon mit ihm geredet?«

»Ich versuche, ihm aus dem Weg zu gehen und er mir wohl auch.«

»Das denke ich nicht. Er hat nur mit den ganzen Berichten und Verhören so viel zu tun.«

»Ja, das muss ich auch noch hinter mich bringen.«

Meine Mutter steht auf, geht zu ihrem Schreibtisch und kommt mit ihrem Handy in der Hand zurück. »Du solltest erstmal meins nehmen, damit du erreichbar bist.«

»Wer will mich schon erreichen?«, werfe ich ein.

Sie tippt auf dem Handy herum und hält mir das Display vor die Nase. »Logan.«

Ich nehme das Handy und sehe auf das Display.

»Sag Hope, sie soll auf mich warten. Wir müssen reden.«

Ich schlucke schwer, dann zucke ich die Schultern. »Dazu muss ich nicht warten. Ich weiß, was er mir sagen will.«

»Weißt du auch, dass er dich liebt?« Meine Mutter sieht mich mit hochgezogenen Augenbrauen fragend an.

»Ja, und dass er nicht bereit ist für eine Beziehung. Das hat er mir schon gesagt. Ich muss es nicht noch einmal hören und auch nicht, dass er sich deswegen bei mir entschuldigt. Ein Mensch verändert sich nicht von heute auf morgen. Auch wenn ich geglaubt habe, dass er es kann, wenn er erst weiß, dass er sein ganzes Leben lang falsch gelegen hat.« Ich gebe ihr das Telefon zurück. »Wir sehen uns gleich.« Und danach fahre ich zu Jen. Auch wenn Ivy enttäuscht sein wird. Aber sie ist jetzt in Sicherheit. Sie ist, wo sie hingehört. Und ich gehöre wohl nicht mehr hier hin. In vier Jahren verändert sich viel. Zu viel.

16. Kapitel

Destiny

Ich bin frisch geduscht, aber um meine Haare zu föhnen, bleibt keine Zeit mehr. Adrienne mag Unpünktlichkeit nicht. Und beim vorerst letzten Abendbrot im *Destiny* möchte ich nicht als Letzte erscheinen. Ich gehe mit einem mulmigen Gefühl zum Esszimmer, weil ich eben aus dem Fenster meines Zimmers gesehen habe und Logans SUV in der Einfahrt steht. Das Gute ist, ich muss nicht mit ihm reden, wenn die anderen dabei sind. Das Schlechte ist, ich muss ihn sehen und das allein wird schon schwer genug sein. Eigentlich hat er recht. Wir sollten wirklich reden, aber ich hab die Kraft nicht dazu. Und an unserer Abmachung ist ja schließlich auch nichts unverständlich gewesen. Ronny McCraw ist erledigt und das bedeutet, unser Vertrag ist beendet.

Die Tür zum Esszimmer ist verschlossen, was sie eigentlich nie ist. Aber was ist im *Destiny* noch so, wie ich es in Erinnerung habe? Ich atme tief durch, der Gang ist leer, ich bin wohl doch die Letzte. Es wäre einfacher gewesen, vor Logan am Tisch zu sitzen, so muss ich das Zimmer durchqueren und werde bei jedem Schritt genau wissen, dass er mich ansieht. Mit pochendem Herzen öffne ich die Tür und bleibe mit gerunzelter Stirn stehen.

»Wo sind alle hin? Was ist mit dem Abendessen?«

Logan sitzt allein am Tisch, die Hände auf der Tischplatte gefaltet, und sieht mich schulterzuckend an. Er mustert das Veilchen in meinem Gesicht und seine Augen verengen sich zu wütenden Schlitzen. »Das Abendbrot gibt es heute in der Küche.«

»Das hat mir keiner gesagt«, stelle ich verwundert fest. »Und warum bist du nicht unten?«

Er steht auf und kommt auf mich zu, nimmt mir die Tür aus der Hand und zieht mich in das Esszimmer, bevor er hinter mir zu macht. »Weil wir reden müssen und ich einen Weg finden musste, dich dazu zu bringen.«

»Also hast du alle aus dem Esszimmer verbannt?«

»Das war deine Mutter. Sie meinte, wir sollen unsere Angelegenheiten gefälligst dort klären, wo uns kein Bett davon ablenkt.« Logan grinst mich schief an und ich muss lachen. »Die Sache im Bett zu klären, wäre mir lieber gewesen.«

»Ich weiß nicht, was es da zu klären gibt. Unser Vertrag war eindeutig.«

»Ja, das denke ich auch. Und deswegen verstehe ich nicht, warum du vorhast, schon wieder wegzulaufen, statt deinen Teil des Vertrages einzuhalten«, sagt Logan und sieht mich ermahnend an. Er steht vor mir, schwer auf die Lehne eines Stuhls gestützt. Seine Haare sehen heute besonders wild aus. Besonders sexy. Was mir bewusst macht, dass meine nass und glatt an mir herunterhängen, was kein bisschen sexy ist.

»McCraw ist weg«, erinnere ich ihn. »Damit endet unser Vertrag.«

Logan kneift die Lippen zusammen und schüttelt den Kopf. »Unser Vertrag endet, wenn McCraw im Knast sitzt.«

»Aber er ist tot«, stoße ich aus.

»Ganz genau.«

»Aber ...«, stammle ich verwirrt.

»Ja, da er nie im Knast sitzen wird ...« Logan lässt den Stuhl los und kommt auf mich zu. Er legt seine Hände auf meine Taille und sieht mir tief in die Augen. Mein Herz klopft so heftig, dass mein Körper bebt und er kann es spüren, das sehe ich diesem zufriedenen Ausdruck in seinem Gesicht an. »... wird auch unser Vertrag nie enden.«

Meine Knie knicken ein, als Logans Worte zu mir durchdringen. Logan hält mich fest und lacht leise. »Aber du willst keine Beziehung«, protestiere ich.

»Mir ist klar geworden, dass die Angst vor Verlust in mir größer ist, als die dich zu verletzen. Und da meine Angst davor, dich zu verlieren, wie gesagt, größer ist, würde ich es niemals wagen, dich zu verletzen.«

Ich blinzle gegen die Tränen an und schmiege mich in Logans Umarmung. Ich atme tief seinen würzigen Geruch ein und klammere mich verzweifelt an den Stoff seines Shirts. »Und wenn du mich nicht verletzen kannst, weil du Angst hast, mich zu verlieren, dann hast du keinen Grund mehr, dich vor einer Beziehung zu fürchten.« Ich sehe zu ihm auf und er lächelt zärtlich.

»Das wollte ich damit sagen.«

Logan löst sich von mir, geht zur Esszimmertür und dreht den Schlüssel im Schloss. »Es wird wahrscheinlich jedem klar sein, was wir hier gleich tun werden, aber ich möchte auf keinen Fall gestört werden.«

»So? Was tun wir denn gleich.«

Logan wirft einen bedeutsamen Blick auf den Esszimmertisch. »Meintest du nicht kürzlich, wir haben es schon lange nicht mehr auf einem Tisch getan?«

»Ja, das waren so in etwa meine Worte«, sage ich und lege meine Hände auf Logans Brust. Ich hebe ihm mein Gesicht entgegen und lasse die Erleichterung, dass er am Ende jetzt doch mir gehört, durch mich hindurchströmen. »Ich sollte Ronny wohl dankbar sein, dass er so freundlich war, aus dem Leben zu scheiden und nicht in den Knast zu gehen.«

»Und ich bin dir dankbar, weil du mir gezeigt hast, dass ohne dich zu leben, keine Option für mich ist.«

Logan legt seine Hände an die Knopfleiste meiner Bluse. Sein Blick brennt sich tief in meine Augen und auf seinen Lippen liegt ein sinnliches Lächeln. Er beginnt langsam Knopf für Knopf zu öffnen, ohne seinen Blick von meinem Gesicht zu lösen. Jede Zelle meines Körpers scheint zu kribbeln vor Nervosität, Aufregung und Verlangen. Ich lasse meine Finger über die wundervollen Formen seiner Brustmuskeln gleiten, erkunde jede Rundung seines Oberkörpers. Ich schiebe meine Hände unter den Saum seines Shirts und streife es nach oben, bis

Logan mir hilft, es auszuziehen. Ich trete noch näher an ihn heran und schmiege meine Wange an seine nackte Haut, atme tief seinen Geruch ein und erkunde ihn mit meiner Zunge. Logans Atmung beschleunigt sich und er stöhnt leise. Seine Hände schieben sich in mein Haar. Er zwingt mich, zu ihm aufzusehen, damit er seine Lippen auf meine legen kann. Seine Lippen zupfen an meinen, drängen mich dazu, mich für ihn zu öffnen.

»Ich hatte Angst, nie wieder von deinen berauschenden Lippen kosten zu dürfen«, flüstert er heiser, streift mir die Bluse von den Schultern und lässt sie zu Boden fallen. Er öffnet den BH, während seine Zunge weiter meinen Mund erkundete und lässt auch ihn zu Boden fallen. Seine Hände packen meine Taille und befördern mich auf den Tisch, so grob, dass mein Hintern schmerzhaft protestiert und ich zischend einatme.

»Wofür war das?«

»Entschuldige, aber ich bin wohl nur ungeduldig«, sagt er grinsend, dann entgleist sein Gesicht, als er den Rock sieht, den ich trage. »Wieso hast du dieses schwarze Ungetüm an?«

»Was?«, entrüste ich mich. »Zufällig liebe ich diesen Rock, er ist eng und umschmeichelt meinen Körper genau auf die richtige Weise.«

»Okay, du hast recht. Aber er ist zu eng für das, was ich mit dir vorhabe.« Er mustert den Seitenschlitz an meiner Wade und kneift unwillig die Lippen zusammen.

»Tut mir leid, aber ich hatte keine Ahnung von deinen Plänen. Ich wollte nur gut aussehen, in der

Hoffnung, dass du daran erstickst, weil du mich nicht haben kannst.«

»Aber ich werde dich haben.«

»Ja, aber das wusste ich vorher nicht.«

Logan brummt etwas, beugt sich über meinen Rock, dann packt er den Stoff zu beiden Seiten des Schlitzes mit den Händen und reißt grob daran. Die Naht gibt ächzend nach und ich sehe fassungslos zu, wie der Schlitz immer größer wird, bis hinauf zum Ende meines Beines.

»Was tust du?«, frage ich keuchend.

»Ich kauf dir einen neuen.« Er klappt mit gierigen Augen den Stoff über meinen Oberschenkel zurück, legt die Hände auf meine Knie und drängt meine Schenkel auseinander. »Schon besser«, seufzt er. Sein Blick ruht auf dem durchsichtigen Stoff meines Tangas. »Den brauch ich auch noch.« Er packt die Bändchen auf meinen Hüften. »Hintern hoch!«

Ich stemme mich hoch. Er zieht das Höschen von meinem Hintern, streift es an meinen Beinen nach unten und lässt es mit einem Grinsen in seiner Hosentasche verschwinden. Ich verkneife mir jeden Kommentar, denn diese Geste ist so sexy, dass mein Herz schneller schlägt und sich tief in mir etwas erregt zusammenzieht. Er knöpft seine Hose auf und zieht sie zusammen mit seinen Shorts aus, dann drängt er sich zwischen meine Beine. Seine Härte drückt genau auf den richtigen Punkt und löst ein erwartungsvolles Zucken zwischen meinen Schamlippen aus. Ich schiebe mich näher an ihn und kreise mit meinen Hüften. Logan schließt die Augen und stöhnt leise. Er legt eine Hand auf meinen Hinterkopf, die andere drückt er auf das Tal zwischen meinen Brüsten. »Hinlegen«, sagt er mit so rauer Stimme, dass ich es kaum verstehen kann.

Langsam lege ich mich auf die Tischplatte, das Holz ist kühl und jagt kleine Schauer durch meinen Körper. Logans feuriger Blick gleitet über meinen Körper, heftet sich auf meine Brüste. »Du bist wunderschön. Ich liebe jeden Zentimeter an dir, sogar diesen kleinen Leberfleck auf deinem Rippenbogen.« Er beugt sich über mich und küsst ihn. Seine Hände streichen über meinen Körper, massieren meine Brüste, die schwer und heiß werden. Erregung rollt durch meinen Körper wie träge Lava und entzündet mich bis in den letzten Winkel. Ich reibe mich stöhnend an Logans Härte und stöhne leise.

Logan richtet sich über mir auf, sein Blick ist wild und gierig. Ich spüre die Spitze seiner Erektion am meinem Eingang und spanne sehnsüchtig meinen Unterleib an. Er sieht mich abwartend an und ich nicke heftig. »Bitte«, flehe ich. Stöhnend schiebt Logan sich in mich, hält inne, dann zieht er sich wieder zurück. Wellen der Erregung bäumen sich in mir auf. Ich bewege auffordernd meine Hüften. Logan stößt in mich. Ich keuche, als seine Spitze über den erregenden Punkt in meinem Inneren gleitet. Er hebt meine Beine und legt sie auf seinen Schultern ab, dann sieht er mich an.

»Ich will zusehen«, sagt er.

Ich weiß sofort, was er meint, lasse meine Hände aufreizend über meinen Körper gleiten, während Logan mich ungeduldig beobachtet und sich tief in mir bewegt. Ich spiele mit den Knospen meiner Brüste, zupfe an ihnen und stöhne. Dann schiebe ich eine Hand langsam über meinen Bauch und tauche einen Finger zwischen meine Schamlippen. Ich reibe meine Klitoris. Logan stöhnt laut und seine Augen weiten sich gierig. Ich streiche mit meiner Hand über meine Schamlippen und umfasse seinen Schaft, als er ihn gerade aus mir herausgleiten lässt. Logan stockt in der Bewegung, dann stößt er heftiger zu. Er lässt den Kopf in den Nacken fallen, stößt in meine Faust und mich hinein.

»Und jetzt du«, sagt er und nimmt eine Hand von meiner Hüfte, um meine Finger wieder auf meiner Klitoris zu platzieren. Ich reibe meine Perle, Verlangen und Erregung fluten meinen Körper, steigern meine Lust und lassen mich laut stöhnen. Ich schließe die Augen, lasse den Kopf zur Seite fallen und schiebe alles von mir. Die Sorgen, die Ängste und das Grauen. Es gibt nur noch Logan, der sich in mir bewegt, und die Lust, die sich von meinem Zentrum aus in meinem Körper verteilt und immer stärker wird, bis ich es nicht mehr aushalte und in heftigen Wellen komme.

»Logan!«, stöhne ich und ziehe mich um ihn herum zusammen. Logan stößt schneller und stärker zu, schiebt meine Hand von meiner Klitoris und legt seine eigenen Finger auf den empfindlichen Punkt. Ich zucke zusammen, als elektrische Ladungen durch mich hindurch schießen. Das empfindliche Gefühl lässt nach und weicht erneuter Lust. Ich werfe den Kopf hin und her. Logan stößt grob in mich, reibt meine Klitoris und lässt mich in einem noch heftigeren Orgasmus explodieren. Seine Finger drücken auf diesen empfindlichen Punkt und lösen immer wieder kleine Wellen aus, während er über mir erstarrt und sich heiß in mir ergießt. Er legt heftig atmend seinen Oberkörper auf meinen und ich streichle sein Haar.

»Hab ich dir schon gesagt, dass ich meine Sachen in dein Zimmer habe bringen lassen. Dimitri war so nett.«

»In mein Zimmer?«, frage ich schwach.

»Ich dachte, deine Mutter und Ivy freuen sich. Für drei Personen ist es bei deiner Mutter einfach zu eng auf die Dauer.«

»Und warum ziehst du nicht wieder in deine Wohnung?« Ich richte mich auf und zwinge Logan so, sich von meinem Körper zu lösen. Er sieht sich nach seinen Hosen um, reicht mir meine Bluse und den BH und sieht mich dann wieder an. Ich schlüpfe in die Sachen und sehe dabei zu, wie Logan seine Hose wieder anzieht.

»Es ist noch nicht sicher für euch. Ronny ist zwar tot, aber er hatte sehr treue Leute. Ich befürchte, da könnte noch etwas kommen. Und solange wir nicht sicher sind, bleibt erstmal alles wie es ist.«

»Aha«, mache ich, ziehe eine Augenbraue hoch und mustere Logan misstrauisch. »Und das ist nicht nur eine Ausrede, um länger hierbleiben zu dürfen?

»Wenn dir das nicht recht ist, dann kann ich auch zu einem der anderen Mädchen ziehen.« Er grinst mich breit an, weil er genau weiß, was ich davon halten würde.

»Okay, du darfst bei mir wohnen. Vorerst.«

»Wie großzügig von dir«, sagt er und schiebt sich zwischen meine Schenkel. Er hilft mir beim Zuknöpfen meiner Bluse. »Du musst dir auch keine Sorgen machen wegen herumliegender Slips.« Er greift in seine Tasche, zieht meinen Tanga und ein weiteres Höschen von mir hervor. »Ich habe noch viel Platz in meinen Taschen.«

»Ethan ist informativer als das Internet, habe ich den Eindruck. Kann der Mann nichts für sich behalten?«

Epilog

Destiny

Ronny ist seit ein paar Tagen tot. Alles im *Destiny* kehrt wieder zur Normalität zurück. Ich komme durch den Hintereingang rein, weil es schon kurz nach 17:00 Uhr ist und die ersten Autos vor dem Haus parken. Ethan trägt meine Tasche, in dem ich ein dickes Manuskript verstaut habe, das ich über das Wochenende lesen möchte. Es ist die Geschichte meiner Mutter, die heimlich in den letzten Jahren alles, was Dana und sie erlebt haben, aufgeschrieben hat. Genauso heimlich hat sie mir das Manuskript auch zukommen lassen. Direkt auf meine Mailadresse beim Verlag. Auf dem Heimweg haben Ethan und ich noch einen Zwischenstopp im Einkaufscenter gemacht und für mich ein neues Handy besorgt. Logan hat das alte Handy noch in der Nacht, in der man mich zu Ronny gebracht hat, gefunden. Das Telefon ist Schrott, aber die Simkarte kann ich im neuen wiederverwenden.

Wir nehmen die Dienstbotentreppe nach oben, um den Geschäftsbetrieb nicht zu stören. Vor meinem Zimmer nehme ich Ethan meine Tasche ab. »Danke, du bist ein wirklich braver Wachhund«, sage ich zu ihm.

Ethan grinst breit. Mittlerweile hat er sich daran gewöhnt, dass ich ihn meinen Wachhund nenne. »Und du bist eine brave, immer die Regeln befolgende kleine Dame geworden. Logans Unterrichtsstunden scheinen Früchte zu tragen.«

»Welche Unterrichtsstunden?«, keuche ich und werde ganz heiß in Gesicht vor Scham. »Ihr redet über das, was wir tun? Ich dachte, Männer tun das nicht.«

Ethan lacht laut auf und wendet sich zum Gehen ab. »Tun sie auch nicht, aber deine Reaktion hat alles verraten.«

»Verdammt«, stoße ich wütend aus und betrete mein Zimmer, wo mich ein lachender Logan empfängt. Er sitzt an meinem Schreibtisch und hält einen Ordner in der Hand. Wie er mir kürzlich erklärt hat, gehört Papierkram auch zu einem so harten und sexy Job dazu, wie den, der er ausübt. Und als Chef von Logan Davonport-Security bleibt das nun mal an ihm hängen. »Warum lachst du?«

»Weil ich alles gehört habe.« Er legt den Ordner beiseite, steht auf und kommt auf mich zu. Seine Arme legen sich um meinen Körper und seine Lippen auf meine. Er küsst mich ausgiebig, dann sieht er mich an. »Und, wie war den Tag, Liebling?«

»Interessant«, sage ich und halte die Tasche mit dem Manuskript hoch. »Meine Mutter hat heimlich an ihrem Leben geschrieben.«

»Das ist gut so. Biografien haben die Kraft, Seelen zu heilen.« Er lächelt und ich weiß, dass er auf die Biografie seines Vaters und sich anspricht. Und ich bin mir sicher, dass er nicht ganz unrecht hat. Adrienne hat sich in den letzten Tagen immer mehr geöffnet. Sie schafft es sogar, mich in die Arme zu nehmen oder mir einen Kuss auf die Wange zu hauchen. Alles Dinge, die sie früher nicht gemacht hat. Aber das ist weniger der Verdienst dieser Biografie, weil sie an ihr schon viel länger arbeiten muss als ein paar Wochen. Vielmehr scheint es der Verdienst der Ereignisse zu sein. Zuerst die Angst und die Belastung und dass sie ihre jahrelang gehüteten Geheimnisse mit uns allen teilen musste, und dann auch der Tod von Ronny McCraw. Diese Dinge sind es, die ihr geholfen haben, sich zu öffnen und letztendlich ihr auch den Mut verliehen haben, die Biografie an mich zu schicken.

Ich löse mich von Logan und gehe zum Bett, wo ich die Tasche auf die Tagesdecke fallen lasse. In diesem Moment kündigt mein neues Handy mir eine Nachricht an. Ich krame es aus den Tiefen meiner Handtasche und sehe, dass die Nachricht von Ivys alter Nummer kommt. Erschrocken sehe ich zu Logan auf, der sich sofort versteift.

»Was ist los?«

»Eine Nachricht von Ivys alter Telefonnummer.« Ivy wurde ihr Handy gleich nach ihrer Entführung abgenommen. So, wie sie es auch bei mir gemacht haben. Es wurde damals sofort ausgeschaltet, weswegen wir dachten, es wäre zerstört worden. Aber scheinbar existiert es noch. Ich tippe auf das Display und öffne die Nachricht.

»Hallo Schwesterherz,
ich hoffe, ich kann dich hierüber erreichen. Ich befinde mich gerade auf der Flucht vor Scotland Yard, der Glasgower Polizei und Ronnys Bruder. Anscheinend habe ich mir eine Menge Feinde gemacht. Aus

irgendeinem Grund glauben sie, dass ich mit euch zusammenarbeite. Vielleicht hängt das damit zusammen, dass ich nicht in Ronnys Haus war, als deine Freunde dich befreit haben. Jedenfalls wollte ich deinen Gefallen zurückgeben und dich warnen. Graham McCraw hat vor, jeden umzubringen, der für den Tod seines Bruders verantwortlich ist. Vielleicht sehen wir uns mal wieder.

Herzchen und Küsschen und so
Andrew«

»Herzchen und Küsschen?«, schnaubt Logan abfällig.

»Ja, das steht da. Ich verstehe nur nicht, warum er nicht zu uns gekommen ist.«

»Weil ich ihm dann seine Herzchen und Küsschen in den Hals schieben würde.«

»Mal davon abgesehen, dass ich mit ihm geschlafen habe ...«

Logan hält eine Hand hoch, um mich zu stoppen. »Du hattest Sex mit ihm, mehr nicht. Schlafen tust du mit mir.«

»Also gut. Davon abgesehen, dass ich Sex mit ihm hatte, er ist irgendwie wohl doch mein Bruder. Dana war immer mehr Mutter für mich als Adrienne. Wir müssen ihm helfen«, sage ich und lasse verführerisch meine Hände über Logans Brust wandern.

»Wir können ihm mehr helfen, wenn er da draußen ist, wo niemand ihn finden kann«, gibt Logan nach. »Hier bei uns ist er nicht sicher.« Er senkt seine Lippen auf meine und küsst mich. »Ich mach das nur, weil ich weiß, dass du nur mich liebst. Und weil ich ihm die Nase brechen kann, wenn wir ihn gerettet haben.«

Desire Night Express
von Elena MacKenzie
ISBN: 978-3-945766-07-1

Desire Night Express

von Elena MacKenzie

Aiden Carter ist nicht nur unerträglich arrogant, er lässt seine Assistentin auch regelmäßig Zeugin seiner heißen Büro-Eskapaden werden. Als er sein Interesse plötzlich auf Lily Parker lenkt, muss sie alles geben, um ihm widerstehen zu können. Doch ihr Chef beherrscht ganz miese Tricks. Zusammen mit Lilys bester Freundin lockt er sie in den *Desire Night Express*, einem ganz besonders verbotenen Zug. Unmöglich kann sie ein ganzes Wochenende in dieser Umgebung mit ihrem Chef verbringen, ohne sich ihm zu ergeben. Aber Aiden Carter selbst gibt ihr den Schlüssel für ihre Flucht vor ihm und ihren Gefühlen in die Hand.